わたしを束《たば》ねないで
あらせいとうの花のように
白い葱《ねぎ》のように
束ねないでください　わたしは稲穂
秋　大地が胸を焦がす
見渡すかぎりの金色《こんじき》の稲穂

――「わたしを束ねないで」より

千度呼べば
思いが　通じるという
千度呼んで通じなくとも
やめては　しまうまい

神さまが　うっかり
かぞえちがえて
あのひとを振《ふ》りかえらせてくださるのは
千一度目かも
知れませんもの

——「千度呼べば」より

「現代詩ラ・メール」創刊の頃
（撮影・土屋明彦　昭和58年）

新川和江詩集

ハルキ文庫

角川春樹事務所

新川和江詩集

目次

初期詩篇

それから（1953〜1999）

幼年・少年少女詩篇

＊本文イラスト　林 立人

初期詩篇

ひばりの様に

ひばりの様にただうたふ
それでよいではないですか

からすが何とないたとて
すずめが何とないたとて

ひばりはひばりのうたうたふ
それでよいではないですか

いのちの限りうたひつつ
ゆふべあかねの雲のなか

胸はりさけて死んだとて
それでよいではないですか

れんげ畠

れんげ畠《ばたけ》に
ひとり寝て
ひとり仰いだ
空あをし

れんげ綴《つづ》りし
首かざり
はかなく風に
とけにけり

わが吹きならす
口笛は
をとめ子ゆゑに
うら寂し

れんげ畠に
ひとり寝て
心　れんげに
染まるらむ

夕立あと

夕立あとの
空のよな
明るい心に

なりませう

夕立あとの
雲のよな
大きなのぞみを
持ちませう

夕立あとの
風のよな
すがしい夢を
抱きませう

夕立あとの
虹《にじ》のよな
美しい娘《こ》に
そだちませう

橋をわたる時

向ふ岸には
いい村がありさうです
心のやさしい人が
待つてゐてくれさうです
のどかに牛が啼《な》いて
れんげ畠《ばたけ》は
いつでも花ざかりのやうです

いいことがありさうです
ひとりでに微笑《ほほゑ》まれて来ます
何だか　から
急ぎ足になります

雲

荒れ気味の夜
窓をあけると
あをぐろい雲が
ついそこまで下りて来て
もがき　逃げ廻《まは》り　蛇の様にのたうつてゐた

見てゐると
雲はひとつではなかつた
たくさんの雲たちが
あの様に　よつて　たかつて
すさまじい歌をうたつてゐるのであつた

すでに
雲は雲ではなかつた
それは　女の群像であつた
女たちの苦悩の姿であつた
さうして
嵐《あらし》の来る前夜の空に
あの様に髪をふりみだし　たけり　くるひ
苦しんでゐるのであつた

いつまでも見てゐると
胸が圧潰《おしつぶ》されさうなのは　そのせゐだ
わたしは重苦しく窓をしめる

するとこんどは
はげしい雨が窓玻璃《ガラス》をたたいた

虐殺史

俎板《まないた》の上に横たへられし
諦念《ていねん》の魚《うを》のごとく
今宵《こよひ》も疲れはてし此《こ》の身を
つめたき臥床《ふしど》に横たへぬ

夢見ぬ
おそろしき夢見ぬ
わが臥《ふ》せるはプロクラステスの寝台
夜の街の辻《つじ》にさらはれては
その上に横たへられて
長き者はみじかく斬《き》られ　短き者は引伸ばされ
無惨にも殺されゆくてふ

かの　古代ギリシャの暗黒の夜を……
われを細裂《こまざ》く賊こそ見えね
夜もすがら脅かす風
夜もすがらまたたくランプ
あはれ　まこと　此の暗き世に生きてあれば
かの遠き世の道ゆくとつくにびとのごとく
罪なきにとらはれの身ぞ　われは。

しごと

きんいろのペンでゑがく
この　いつぽん道
ときどき　振りかへり

ともさう　白いすずらん燈《とう》
植ゑよう　にほひのいい花を咲かせるミモザ並木

いちばんさきに通るのは風
そのつぎは犬
こども　自転車　牛乳配達車
散歩のふたりづれ

だんだん広くなる　長くなる
やがてほとりに住みよい町が生れる

本屋
金魚や
つるしの洋服
バナナのせり売り
だしのにほひ漂ふそば屋の横を入れば
お嫁をもらつた誰かさんのニユー・ホーム

もつとゐがかう
きんいろのペンが凍えるまで
この道の終点につくるはずのわたしのお墓

墓碑銘をかんがへる
——この国には
お役人も議事堂もいらないのよ
祈禱《きたう》椅子《いす》はみんな自家製よ
神さまもそれぞれ
フライパンの中で
オムレツみたいに焼いてつくるのよ

それから（1953〜1999）

誕生

あたらしい空間を満たすべくおまえはやって来た
あけがたの雲が薔薇《ばら》いろの光を帯び
空気がやさしい漣《さざなみ》をたてたとき
突如おまえはあらわれて
おどろくママに
可愛《かわい》いピストルをつきつけたのだ

おお　懼《おそ》れなしに　悔なしに
抱きしめることが出来ようか　この
脈うつ小さな〈生〉の塊りを
わたしの罪　わたしの無謀
かわいそうな子よ

おまえの背なかに
天使まがいの翼をつけてあげるのを
ママはすっかり忘れてしまった
わたしの罪　わたしの無謀
あんまり先をいそいだので
おまえのちいさな掌《てのひら》に
詐術の木の葉を握らせるのを
ママはすっかり忘れてしまった……

外套《がいとう》も持たず　靴も穿《は》かず
いくつものつめたい冬を
おまえはどうしてよぎることか
おまえはいくども躓《つまず》いて
そのたびに爪先《つまさき》を傷め　あかい血を滲《にじ》ませることだろう

生とは
たえず支払うこと

たえず追いかけられること
おまえは怯《おび》え　息をきらし
路傍の苦い草の穂を
どんな思いでかみしめることだろう

けれどおまえは無心に眠る
これが今日の支払いだとでも言いたげに
はでに大胆に襁褓《むつき》を濡《ぬ》らす
そうしてみごとな泣声で
夜をひきさき
不敵にも
おまえは全世界に号令をかけるのだ

歌

はじめての子を持ったとき
女のくちびるから
ひとりでに洩《も》れだす歌は
この世でいちばん優しい歌だ
それは　遠くで
荒れて逆立っている　海のたてがみをも
おだやかに宥《なだ》めてしまう
星々を　うなずかせ
旅びとを　振りかえらせ
風にも忘れられた　さびしい谷間の
痩《や》せたリンゴの木の枝にも
あかい　灯《ひ》をともす

おお　そうでなくて
なんで子どもが育つだろう
この　いたいけな
無防備なものが

扉

締切日が近づくと
わたしはますます無口になり
仕事部屋をくらい海底のように澱《よど》ませて
岩かげに終日ひっそりと魚鱗《ぎょりん》を光らせていたりした
するとおまえは
幼い足どりで廊下をつたって来ては
かたくなに閉ざされた扉の前に立ち止り
飽くことのない情熱で母の名を呼びたてるのだ

ママ！　ママ！　ママ！

きちきち廻《まわ》る緑青色の把手《とって》を
内側からだまってみつめていると
背のびをしてそれにつかまった小さなおまえの姿が
透視にかけられた兎《うさぎ》のように
いたいほどはっきりと母親の眼には見えてくるのだ
ついに根負けして
扉をあけはなつわたしのまえへ
すばやく駈《か》けより
捕虜奪還の勇士のような歓声を
あかるくまきちらす無邪気なおまえ

おまえは色褪《いろあ》せたビロード張りの廻転椅子《かいてんいす》をママだといい
わたしの世界を独楽《こま》のようにまわす
おまえはペンをママだといい
原稿用紙の空白に

ぼうやの好きな汽車ぽっぽを
たくさんたくさん描けという

ある日のこと
たいへんやさしい気持から
おまえの相手を朝から一日相つとめた
おまえはひどくごきげんで
いつもの二倍もいい子だった　それなのに
なにを思い出したのだろう　ふいに玩具《がんぐ》をほうり出し
今日は不在の書斎の前に走り寄り
呼ぶではないか
ママ！　ママ！　ママ！

その声をきいていると
わたしはへんにさびしくなった
おまえにとって
求めるものはいつも扉の向うにあるのだった

くりかえし呼びたてたのち
扉をひらいて抱きあげてくれるひとが
おまえにとって母の実感なのだった
その声をきいていると
われとわが身が次第に頼りなくなって来た
わたしはいつか無機物になり
おまえの背後によりそって
せつない声をはりあげていた
わたしよ！　わたしよ！　わたしよ！

おまえとふたり
はげしく扉を押しあけた時
わたしはたしかに見た　と思った
古びた廻転椅子に腰をおろし
机の上にひろげた原稿用紙にむかって
おまえの好きなマッチ箱のような汽車ぽっぽの絵を
泣きながらいくつもいくつも描いている

ほんとのわたしの横顔を――

絵本「永遠」

――帰ろうよ
あそびの途中でふいにおまえは立ちあがり
そう言い出しては
思慮浅い若い母親を狼狽《ろうばい》させた
おお　どこへ帰ろうというのか
おまえのうまれたこの家に
つながる血を紙テープよりもたやすく断ち切り
馴《な》れ親しんだ玩具《がんぐ》たちを未練げもなくほうり出して

どんな声がおまえをよぶのか
どんな力がおまえをはげしくひきよせるのか

母親は耳をそばだていっしんにききとろうとするが
相もかわらぬ蒼空《あおぞら》には
かたちにならぬ雲ばかりあって
花壇のなかには
ソルダネルのひとむらが呆《ほう》けて咲いているばかりで
春の日は永くいかにもおだやかである

つい今しがたまで　その椅子《いす》に深く腰かけ
乳牛の話などきかせてくれた
北国のカレッジで牧草の研究をしているという
あの美しい青年は
あす　チモシーのにおいのなかへ帰るという
絵本のなかの
小鳥はいつでも巣にかえり
狐《きつね》は穴にもどってねむった

母親の知らぬまに

おまえはどんな絵本を読んだのだろう
——帰ろうよ
憑《つ》かれたようにせきたてるおまえのそばで
最早《もはや》
母親は，《コンマ》や・《ピリオド》よりも微小なひとつの物体にすぎなくなる

可能性

いとしい子よ　おまえはどこにでもいる
きらら雲の上　深い海の底
牧場《まきば》の馬の　一頭一頭の背に
橄欖林《オリーブばやし》のいっぽんいっぽんの木のうしろに
いとしい子よ　春の地平に
もえたつ陽炎《かげろう》のゆらめきごとにおまえはいる
ひらく花の一輪一輪に

みのる果実の一顆《いっか》ごとにおまえはいる

だから母さんはいそがしい
どこにでもいるおまえのあとを追いかけて
椰子《やし》の油をせなかにたっぷり塗りつけて
さて　お日さまの光りをまぶしてあげねばならぬ

だから母さんはいそがしい
どこにでもいるおまえをつかまえ
みどりの木かげのハンモックをゆすって
世界一　すてきな夢のひるねをさせてあげねばならぬ

だから母さんはいそがしい
どこにでもいるおまえのために
未来にあわせた　ながいながいながいズボン
王様だって顔負けの　青空のきれで千枚万枚縫わねばならぬ

いとしい子よ
たまたまそばにいるからといって
ひとりで甘えちゃいけません
母さんのこどもは
雲の上にもいるおまえ　海の底にもいるおまえ
どこにでもいるおまえ　ひろがるおまえ　縁《ふち》のないおまえ
そのように母さんはおまえを生んだ

呼名

こどもは幼稚園で
母親のわたしが知らない愛称で呼ばれていた
「――ちゃん」
女の子のひとりが
親しげに呼びかけながら駈《か》けよって来た時

こどもの頬《ほお》に　一瞬陽炎《かげろう》のような含羞《がんしゅう》がゆらめいた
わたしの側にも
まるで初対面のような心のときめきが生じた
わたしたちは目をそらしあった
「――ちゃん」
それはもがれた一個の林檎《りんご》だ
駈けていくこどもの後姿を
わたしはしげしげとうち眺めた
それから腕をさしのべようとした
林檎の木が
甘酸っぱい樹液にしめつけられながら
せつなげに枝をたわめるように――
こどもはもう　あそびの輪にくわわって
遠くのほうで跳ねていた
跳ねていた
遠くで

海への距離

どうやって教えよう
まだ夏も来ぬ先から
しきりに海へと心はやらせる少年に
あの潮鳴りは
きみの中に或《あ》る朝めざめた海の音なのだと
蹠《あなうら》をやく砂の熱さや
柔かな土踏まずを刺す砂利《じゃり》のいたみでは
もう　はかれぬ距離の海なのだと

どうやって教えよう
犬掻《いぬか》きを覚えるために
いくどか余儀なく呑《の》みこまされた

幼年の日の海よりもその潮水はさらに苦いと
きみが欲しがっている
愛らしい蝶《ちょう》の帆のヨットでは
もう　その海は乗り切ることが出来ないと

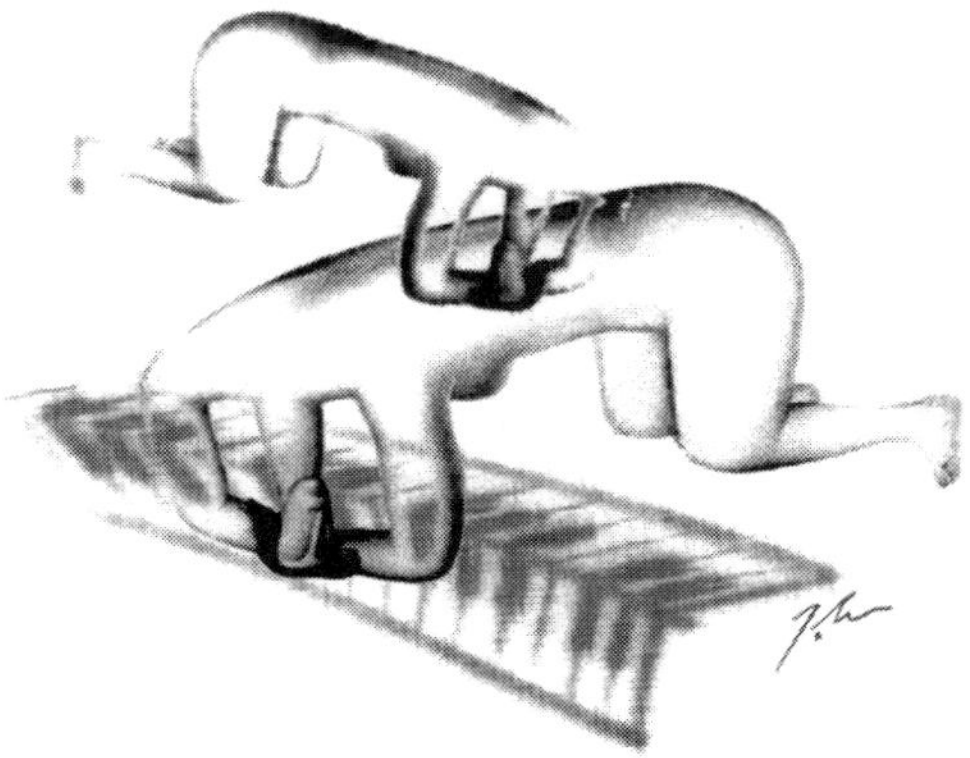

人体詩抄・抄

口

鳥は羽で数えられる
魚は尾で数えられる
口で数えられる　人間の口のせつなさ
難民も王様も
つまるところ一個の口で
最低ひとつの椀《わん》と　いっぽんの匙《さじ》が要る

粥《かゆ》がうすい　うすいと
わめく口は縫われる
のどの奥に蠢《うごめ》くのは

ちみもうりょう
堰《せ》き止められた声たちのおんりょう

まだ片言でも
ひとこと　ひとことが
花びらみたいにいい匂《にお》いをたてるのは
おかあさんのおっぱいしか咥《くわ》えたことのない
赤ちゃんのくちびるだけです

耳

母のなかの遠い渚《なぎさ》で
貝拾いをした記憶が　私にはある
ふしぎな襞《ひだ》をもつ二枚の貝殻を
私は合わせ　確かめたうえで
髪かざりでも挿すようなぐあいに

顔の左右に　シンメトリカルに留めつけた

はじめにはいってきたのは　潮鳴りだった
月に牽《ひ》かれて　波は優しく泡立っていた
もののかたちも知らぬままに
私は二枚の貝殻がとらえる音を聞きとっていった
あれは釣瓶《つるべ》の音　あれはセコンドの音
あれは　往還を走る車の警笛《クラクション》……
だからこの世に生れ出たとき
ひどくなつかしげに　私はそれらのものたちを見た

それにしても
この子の耳は　なんてさみしそうなのだろう
と母は言い　大きくなると恋びとも言った
福耳《ふくみみ》ではないのだ　でも
孤独げであったとしても無理はないのだ
離ればなれに留めつけられて以来

二枚の貝殻はついに——おそらく永遠に
相会う機会《おり》がないのだもの

顳顬《こめかみ》

こめかみの裏がわに
折りたたまれて　しまわれている地図
不眠の夜
ひろげてもひろげても　まだたたまれている部分があって
どうやらそこには
夢の都《みやこ》がしるされているらしいのだが

とほうもなくひろがるのは
痩《や》せた土地や　船影もない荒磯《ありそ》ばかり
花も咲かず　鳥も飛ばず
こんなにさびしい風景は

この世のどこにも見あたらない

誰も　はいりこめない
誰をも　誘い入れられない
ひとりで歩むよりほかない　いくすじかの径《みち》に
時として　稲妻のよう　痛みがはしり
こめかみに青く　透《す》けて見える

血管

わたしがかかえている闇《やみ》は深く大きい
億年の夜を合わせたよりもさらに長い
いずこから来て　いずこへ流れてゆくのであろう
川があり
太古の犬が耳をそばだてている

父祖の咳《しわぶき》の聞える日がある
まだ生れぬ未来の赤児《あかご》の泣き声のする日がある
母の　そのまた母の繰り言
わらべ歌をうたいながら
川上の靄《もや》の中へ次第に遠ざかってゆくのは
幼い日の兄や妹　大勢のいとこたちだ

悲哀に凍り　歓《よろこ》びに泡立ち
激怒にふっとうする　その流れを
柵《さく》にかこわれた水車小屋が
いっときも休むことなく濾《こ》しつづけている

髪

じょうずに　束ねられない朝がある
よその畑の麦みたいで

盗んだわけでもないのに
ますますあわてて　うまく結《ゆ》えない

ばらりと　ほどけてしまう夜がある
丘陵を攀《よ》じ　谷間を匐《は》い
蔦《つた》におおわれた城館さながら
私の景色を閉じこめてしまう

私のものなのだろうか　これは
私が眠っているときにも
目ざめて　悲しんでいるときにも
伸びやまぬ　このしぶとい草は

生えているのは
まぎれもなく私の土地だが
栽培主は私のあずかり知らぬ場所にいて
夜昼眺めているような……

臍《へそ》

ものは頭で考える
だが　一生に一度や二度は
臍で考えて
決着をつけねばならぬ時がある

母からカットされた切り口で
きずあとは深く陥没しているが
人間それぞれひとりぼっち　という意識は
どうやら此処《ここ》を発祥地としているらしい

だからおのれの行く道は
臍で考え　臍で決めるのだ

ちからというちからが
たのもしい軍隊のよう　一挙に集合整列する
その時になって　人ははじめて判《わか》るだろう
なぜ臍が
からだのセンターにでんと据えられているか

ミンダの店

——その馬はうしろをふりむいて
誰もまだ見たことのないものを見た
J・シュペルヴィエル

いろいろ果実はならべたが
店いっぱいにならべたが
ミンダはふっと思ってしまう
〈なにかが足りない〉

そうだ　たしかになにかが足りない
で
たちどころに
レモンが腐る　パイナップルが腐る　バナナが腐る
金銭登録機《レジ》が腐る　風が腐る　広場の大時計が腐る

来るだろうか
仕入れ口に立って
ミンダは道のほうを見る
来るだろうか　それを載せた配達車は？

西洋の貴婦人たちも　東洋の王も
たえて久しく味わったことのない珍果
いやいや　そういうものではないな
橋の下の乞食《こじき》のこどもが
汚れた指で
ある日むいたちっぽけな蜜柑《みかん》

いやいや　そういうものでもないな
言葉にすると嘘《うそ》ばかりがふくらんで
奇妙な果実のお化けになる

ともあれミンダは
ふっと思ってしまったのだ
で
それ以来
片身をそがれた魚のように
はんしん骨をさらした姿勢で
ミンダは道のほうばかり見ている
それが来なければ
りんごも　いちじくも　死んだまま
歴史も　絵はがきも
水道の蛇口も　死んだまま

スイス

スイスよ　私はペンをしまいましょう
谿間《たにあい》にあなたの手がしずかにこぼす
木の葉よりも美しい言葉を
私はここに持ちませんので

湖のほどよいひろがり
調和と秩序　ほつれのない縁かがり
その岸に遊ぶ水鳥よりも

冴《さ》えた句読点の打ち方を心得ませんので
羞恥《しゅうち》に頬《ほお》をそめる永遠の処女
白銀が鎮める死の豊かさ
ただ見上げるだけにとどめましょう　あなたの山々を
同じ高さの比喩《ひゆ》を私は存じませんので

スイスよ　私はだまって通りすぎましょう
あなたのほとりを　一冊のかがやく詩集のへりを
紙魚《しみ》よりも貧しく
抱かれて眠るひとすじの栞《しおり》ともなり得ずに

Cinzano

チンザノを

〈しぃんさの〉とあのひとは涼しげに発音した
そんな読み方がぴったりの
濁りのないきれいな目をしたひとだった
小雨のチベレ川に
鈴懸の落葉がしきりに降りそそぎ
レストランの窓ぎわで
わたしたちはだまってそれをみつめていた

わたしたちの間は恋にはならなかった
お水のかわりに
薬草くさい果実酒をすこし
飲み合っただけだ
しんしんと水嵩《みずかさ》をますさみしさを
二つのコップにわけ合っただけだ
ローマはもう晩秋だった
あちこちの教会で鐘が鳴った

ヨーロッパの顔

じっと　私は見たのだ　その顔を
白皙《はくせき》の額に頬《ほお》に刻まれたおどろくべき深い皺《しわ》を
どんな苦悩が
どんな思想が
その襞《ひだ》を男の顔に折り畳んだのか
ひとつひとつをひらいてみたら
ヨーロッパの文明が
ことごとく解読出来るのではないか

東洋からの旅行者に
チラリと一瞥《いちべつ》投げた時のシニカルな鋭い目つき
しかし伏せれば瞼《まぶた》のうえに

たちまち抒情的《じよじようてき》な靄《もや》がかかって
ひこばえのような睫毛《まつげ》が柔和なかげをつくる
どこから来るのだ　この優しさは？
瞼の丘に翅《はね》をやすめた天使たちは？

一九六四年十月二十二日午前十一時
オーストリア・ウィーン空港
フランクフルト行ＬＨ３０１キャラベルは
また三十分も遅れるという
ひろびろした待合室の一隅に腰をおろして無聊《ぶりよう》をかこっていると
すぐ隣りのテーブルへ
青年をしのぐ闊達《かつたつ》な足どりで近づいて来た男がある
どこかの国の大新聞の
政治部記者か　それとももっと上の主筆か
ヨーロッパの土の上を
逞《たくま》しくのし歩いて来ました　といわんばかりの
部厚い底の大きな黒靴　無造作な服装

じっと　私は見たのだ　その顔を
これこそ　旅で出会った　ヨーロッパ最大の顔と惚《ほ》れこんで

もう　ドイツへも
フランスへもイギリスへも行く必要がなかった
私は見たのだ　ヨーロッパを
その文明をことごとく一つの顔に畳みこんだ男を
私はすかさず男の顔をカメラに収めた
このままどこへも廻《まわ》らずに日本へ帰ってもいいと思った

*

その男に思いがけなく再会したのは
ずっと　あとのことである
それも日本の　東京・シンジュク
場外馬券売場の隣りの喫茶店イクタの二階である
彼はいた

英文学者鍵谷《かぎや》幸信《ゆきのぶ》氏が
かかえていた本の表紙の上に——
　鉞《まさかり》のようなあの目が
照れ臭そうに
おどけた笑いを一瞬浮かべすぐまた消えた
誰　誰　このひとは？

オーデンだという
エリオット亡きあと
ヨーロッパ最大の詩人と目されている
W・H・オーデンだという
「へえ　オーデンさん——」
私はほかにいうべき言葉を知らない
〈詩〉に〈詩人〉に
しばし訣別《けつべつ》するつもりで
思いきり遠くへ飛んで行ったのに
こともあろうに　そこであなたに会うなんて

詩人の中の詩人にぱったり会うなんて！

オーデンさん
あれからあなたはどこへ向って行ったのだろう
空港待合室にアナウンスが流れると
あなたは読んでいた新聞を畳み
きびきびとした動作で
スーツケースとダスターコートをとりあげ
ゲートに向って大股《おおまた》に歩み去ってしまった
Look, Stranger！*
じっと　私は見たのだ　その後姿を
老いてなお健在なヨーロッパを

＊『Look, Stranger!』（見よ、旅人よ！）はオーデンの第三詩集。一九三五年刊。

日常の神

単一で純粋な行為などというものがあり得るだろうか。またなにものをも傷つけぬ優しさなどという徳目が。

わたしの動作は渋滞を示しはじめ、もの言いは日増しにたどたどしくなっていった。というのも、なにげなく窓を開けたり、背中のファスナーを引き上げたり、玉葱《たまねぎ》の皮を剝《む》いたり――というごく日常的な行為のあいまあいまに、わたしの耳は非常にしばしば、得体の知れない悲鳴を聴くようになったからだ。わたしは窓を開けながら、とほうもな

いなにかを一緒に開けてしまったのではないか。ファスナーを引き上げついでに、なにかを共々アルミ色の歯に銜《くわ》え込ませて、永遠に封じてはならない掟《おきて》のものを、強引に綴《と》じ合わせてしまったのではないか。また若《も》しかして、神というものが、いとけない姿でそこはかとなくあたりに瀰《び》漫《まん》しているものならば、わたしは玉葱の皮をはぎながら、神のひとりの頭蓋《ずがい》をひき毟《むし》るという、狼藉《ろうぜき》をはたらいてしまったのに違いなかった。それは、室内履き《スリッパ》のフェルト底に、三匹の蟻《あり》の死骸《しがい》がこびりついていたことを憐《あわ》れみ悲しむといった類《たぐ》いの、愛らしく縁どられた哀憐《あいれん》や感傷とは異なり、ひとあし運ぶごとに、とり返しのつかない距離を世界との間につくってしまう、寂寞《せきばく》としたいたみに相似た悔いをともなって、時をえらばずわたしを襲った。空気に、わずかの罅《ひび》もいれまいと気遣いながら息をしていたので、わたしは窒息しそうになると、向うから暴徒のように押し入《い》ってくれる酸素をもとめて、戸外に喘《あえ》ぎ出た。

すでに色濃く、地球の影がわたしに射《さ》していた。あかるい日中《ひなか》であるにも拘《かかわ》らず、家人はしばしば、狭い庭先でわたしの姿を見うしなった。

捜す

わたしは誰のあばらなのでしょう
わたしの元の場所は　どこなのでしょう
日が暮れかかるのに
まだ　見つからない

川が流れています　わたしの中を
みなもとは　どの山奥にあるのでしょう
せせらぎの音がつよくなるので
さかのぼって　行かずにはいられません

暗くなっても　家に帰ってこない
ついに帰ってこない　女の子がいるものです

捜《さが》さないでください　彼女自身がいま
〈捜す人〉に　なっているのですから

あなたは薔薇の火の中から

――一九七〇年八月一二日、師西條八十逝く。
同月一四日、幡ヶ谷火葬場にて荼毘に付さる。

あなたは
薔薇《ばら》の火の中から
すっかり脱いで　出てこられた
瞳《め》が　唇が　指先が　肩が
みつからないので戸惑っていると
「少し脱ぎ過ぎたかね
これじゃ　形無しかね？」

と声がし　骨片が
恥じらいを含んで仄《ほの》かに色づいた

「いいえ
これまでのどの日よりも　おきれいです
でもどうしてまた　こんなにも素直に
ご自分をほどいてしまわれたのですか」
わたしはそのひとひらを竹の箸《はし》に挟んだ
いとし子の散らかした積木を
後片付けする母親のように　身をかがめて

喉仏《のどぼとけ》だった
象牙《ぞうげ》づくりの十字架のような！
そこに磔《はりつけ》にされ
苦渋ののちに美しい翼を得て
飛翔《ひしょう》していった数多《あまた》の詩句を思う
あるいは魴鮄《ほうぼう》の小骨のように

突き刺さったまま
ひそかに墓深く下りていく言葉たちを
「円屋根《ドーム》がいいね　耀く白金の」
とこんどは中庭の
夾竹桃《きょうちくとう》の花の梢《こずえ》で声がした
隠亡《おんぼう》は白い頭蓋骨《ずがいこつ》で
ねんごろに壺《つぼ》の十字架を蔽《おお》った

北の胡獱

胡獱《とど》はかなしく濡《ぬ》れて、あけがたの岩に起きかえった。流氷のあわいで孤独な水浴をすますと、女が眉墨《まゆずみ》をひくしぐさで、水平線をひき直した。

昨夜もかなり遠出をして、沖を吹くよそ者の風がうたう鄙猥《ひわい》な唄《うた》を、聞きとろうと首を出したり引っこめたり、底深くもぐって難破船の、へし折れた檣頭《しょうとう》などを意地きたなく漁《あさ》ったので、引明けの海は、閨《ねや》のようにしどけなくみだれていた。

そこらをあたふた泳ぎ回り、気のすむように整えると、胡獱は、岩はなに這《は》いつくばり、こんどは一日じゅう、沖に向かって目をこらした。最果ての海では、めったに船影を見ることもなかったが、見詰めることで、胡獱は水平線上に、一点の白帆を凝《こご》らせようとした。


胡獱は夜のみか、あかるい日中《ひなか》も、濡れているおのれの皮膚があさましかった。できることなら海を干上げて、駱駝《らくだ》になって横切って行きたかった。目を、胡桃《くるみ》のように乾燥させて、のどを、ひき攣《つ》らせて……。

どれほどの熱がそれには要ることだろう。薄い太陽が胡獱のそばを、日に一度のろのろと通り過ぎて行ったが、一掬《ひとすく》いの塩を結晶させるほどの熱量も、彼は持ち合わせてはいなかった。飲み干すことなら、できるかもしれない。で、胡獱は、海を飲み海を飲み、目の前のひろがりよりも更に始末の悪い、満ち引きも知らぬ潮を内部におしひろげることで、おのれを惑わしてやまぬ、永年の海を超えようとした。

尾根にいても、熱砂の上にあっても、棒杭《ぼうぐい》のように重荷をのみこんだ旅びとだけが、それを聴くのだ。岸さえも失《な》くした、とほうもない海を孕《はら》んだ巨大なけものが、鉛色の天を仰いでせつなげな咆哮《ほうこう》を放つのを。
ものは、ものを、超えられはしない。わずかに心が羽撃《はばた》いてものを跨《また》ぐが、いぜんとしてものは元のままだ。胡獱はもはや、幻影の帆をもとめることも、彼方《かなた》の国の火の百合《ゆり》を恋うることもやめて、足許《あしもと》に打ち上げられたひとすじの藻を凝視する。一日じゅう、じっと見ている。それすら超えようとすれば、万象の重みが空ごと胡獱にのしかかってきて、全身を錘《おもり》のように沈ませるのだ。
胡獱の内部の、膨れあがった水溜《みずたま》りとは関《かか》わりもなしに、際限もなく海は湧《わ》き、盛りあがり、もの言わぬ唇のように厳しく、水平線を氷で封じる、冬期が近づいていた。

ロータスの園の中…

ロータスの園の中
獅子《しし》はやさしく
黒人を襲った

この襲い方なら　わたしは歌える
花は青金石色《ラピス・ラズリ》
実《み》は紅玉《ルビー》
若いチグリス川が　ゆうべも
しのびこんで根をしめらせた
蓮《はちす》の庭

ロータスの園の中
獅子はやさしく
黒人ののどを噛《か》み切った

この殺し方なら　わたしは歌える
獅子は裸
黒人は裸
愛し合う男女だって　そのどちらかが
こんな具合に殺されるものだ
熱い舌で　血を吸われて

けれど　ロータスの園を出ては
わたしにはもう　歌えない
藪枯《やぶか》らしのように
蔓延《まんえん》する　アッシリア
数千の兵士　数千の騎馬
鳥兜《とりかぶと》の汁をしとどに塗りつけた
毒矢を番《つが》えたバニ・パニール王の
鋼鉄の鬚《ひげ》は
その矢に射ぬかれた
かぞえきれない　獅子の死は

註「獅子に襲われた黒人」と題された象牙《ぞうげ》細工がある。北メソポタミア、ニムルド出土。前八世紀末。（大英博物館）アッシリアは、チグリス・ユーフラテス川上流一帯に興った、古代の典型的な軍国主義国家。

地上の愛　より

わたしたちはたおれた
塔が　橋が　空がたおれた
金色《こんじき》の草が　夕日が　地平線がたおれた
わたしたちはたおれた
はじめて　抱き合って

＊

はだかになると
さみしい背中がむきだしになった
つばさなどは
ありようもなかったので

わたしたちは
墜《お》ちたまま
それしかほかに
知らない仕方でむさぼり合った
シイツの草叢《くさむら》で
祖先たちの墓の上で

＊

ほおでしか
くちびるでしか
首すじを匐《は》うあつい息でしか
わかることができなかった　あなたの愛よ

ゆびでしか
なみだでしか
陽《ひ》に当てたこともない肌でしか

つたえるすべはけっきょくなかった　わたしの愛よ

あなたも
わたしも
神にはなれなくて
どうしようもなく人間だった
あのとき

比喩でなく

水蜜桃《すいみつとう》が熟して落ちる　愛のように
河岸の倉庫の火事が消える　愛のように
七月の朝が萎《な》える　愛のように
貧しい小作人の家の豚が痩《や》せる　愛のように

おお

比喩《ひゆ》でなく
わたしは　愛を
愛そのものを探していたのだが

愛のような
ものにはいくつか出会ったが
わたしには摑《つか》めなかった
海に漂う藁《わら》しべほどにも　このてのひらに

わたしはこう　言いかえてみた
けれどもやはり　ここでも愛は比喩であった

愛は　水蜜桃からしたたり落ちる甘い雫《しずく》
愛は　河岸の倉庫の火事　爆発する火薬　直立する炎
愛は　かがやく七月の朝
愛は　まるまる肥《ふと》る豚……

わたしの口を唇でふさぎ
あのひとはわたしを抱いた
公園の闇《やみ》　匂《にお》う木の葉　迸《ほとばし》る噴水
なにもかも愛のようだった　なにもかも
その上を時間が流れた　時間だけが
たしかな鋭い刃を持っていて　わたしの頬《ほお》に血を流させた

ノン・レトリック　I

たとえばわたしは　水をのむ
ゴクンゴクンと　のどを鳴らす
たとえばわたしは　指を切る
切ったところが　一文字にいたむ
たとえばわたしは　布を縫う
ふくろが出来て　ものがはいる

たとえばわたしは　へんじを書く
やっぱりわたしもあなたが好き　と
それから　そうして　こどもを生む
ほかほか湯気のたつ赤んぼを！

ひときれのレモン
丸のままの林檎《りんご》
野っ原のなかの槻《つき》の大樹
橋を流す奔流
一本のマッチ
光るメス
土間のすみにころがっている泥いも
はだか馬

わたしもほしい
それだけで詩となるような
一行の

あざやかな行為もしくは存在が

ノン・レトリック Ⅱ

マルセル・カミュの映画「熱風」をみる

黒人ベイジャフロールが
電報を打つ
フォルタレザからバイアへ
恋人の待つバイアへ
〈私が行く〉と

——愛している　とか
早く顔がみたい　とか
つけ足さなくてもいいのかね
——必要ないね

愛しているのは　あたりまえ
早く顔がみたいのも　あたりまえ
〈私が行く〉それが現在の私のすべて

フォルタレザからバイアへ
ぐい！
と一本彼はロードをひいたのだ
熱いかまどで焼きあげた石で
ハートで
靄《もや》などかかるいとまがあろうか
その上をまっしぐらに飛んで〈私が行く〉

木よ　何故《なぜ》言わない？
東京　メーン・ストリート
並木の青葉は矢鱈《やたら》にかげりが多すぎる
不要な枝葉をすっぽりとはらい落とし
何故言わない？　たくましい幹もあらわに〈ここに私が立つ〉と

靴よ　定期入れよ　カフスボタンよ
何故言わない？〈私が〉と
都会の甘い夕暮のなかに
何故語尾をにごらせ融和させてしまうのだ？

男よ　何故言わない？
一杯のコーヒーが熱いあいだに
何故言わない？〈きみが欲しい〉と
遠まわしのプロポーズで美辞麗句で
何故ちっぽけな茶碗《ちゃわん》のふちを万里の長城にしてしまうのだ？
千枚のラブレターを書くことで
何故千枚のコスチュームを身にまといつけてしまうのだ？
林檎《りんご》にサクリと歯をあてるように
女よ　何故言わない？〈私もやっぱりあなたが欲しい〉と

記事にならない事件

見ましたか？　とある森かげ
しなやかに伸ばした少女の腕から
枝がのび　葉が生えて
みるまに　いっぽんの木になってしまったのを
見ましたか？　青年がその木のそばで
紺の上着を脱ぎ捨てた
とみるまに鳩《はと》になったのを

（電話のベルは　鳴りっぱなし　鳴りっぱなし
　誰も出ない　誰もいない　今日は日曜日）

郊外電車にあかりがつくと

人たちはそそくさとまたにんげんを着て
ビジネスの街に帰ってくるが
聞きませんか？　この頃近くの牧場では
休日のあと　見馴《みな》れぬ馬が
一頭や二頭　きまってふえているという話を
（電話のベルは　鳴りっぱなし　鳴りっぱなし
誰も出ない　誰もいない　月曜日が来ても）

テレヴィジョン

海の向う
暗殺された大統領の葬列が
若い夫人の喪服のひだが　見えてしまうおそろしさ
からだに針を突き刺している

ヒンズー教の老人が
インスタント・コーヒーの製法が
栃《とち》ノ海《うみ》の突き落としに土俵をとび出す柏戸《かしわど》が
南ベトナムのクーデターが
福井県に降る雪が
月のあばたが見えてしまう　おそろしさ

あたたかな部屋
あかるい灯の下
遠いものの姿が　かたちが
手にとるように見えるのに
見なければならないものの姿が　かたちが
ますます見えなくなってしまう
ことのおそろしさ

たとえば
すぐそばにいる　あなたの心

こどもの明日
わたしの今日
窓のそとの闇《やみ》

わたしを束ねないで

わたしを束《たば》ねないで
あらせいとうの花のように
白い葱《ねぎ》のように
束ねないでください　わたしは稲穂
秋　大地が胸を焦がす
見渡すかぎりの金色《こんじき》の稲穂

わたしを止《と》めないで
標本箱の昆虫のように
高原からきた絵葉書のように
止めないでください　わたしは羽撃《はばた》き
こやみなく空のひろさをかいさぐっている
目には見えないつばさの音

わたしを注《つ》がないで
日常性に薄められた牛乳のように
ぬるい酒のように
注がないでください　わたしは海
夜　とほうもなく満ちてくる
苦い潮《うしお》　ふちのない水

わたしを名付けないで
娘という名　妻という名

重々しい母という名でしつらえた座に
坐《すわ》りきりにさせないでください　わたしは風
りんごの木と
泉のありかを知っている風

わたしを区切らないで
，《コンマ》や．《ピリオド》いくつかの段落
そしておしまいに「さようなら」があったりする手紙のようには
こまめにけりをつけないでください　わたしは終りのない文章
川と同じに
はてしなく流れていく　拡《ひろ》がっていく　一行の詩

鬼ごっこ

「あなたは霧？　風？　それともけむり？」

苦しまぎれに呼びかけると
遠くのほうから
あのひとの声がかえって来た
「あなたは霧？　風？　それともけむり？」

なんという　間の抜けた
さびしい鬼ごっこ！
わたしたちはどちらも目隠しをして
相手をつかまえようと
漠漠とした霧の中に
手ばかりむなしく泳がせているのだった

「あなたが　いっぽんの木であればいい
　そうすれば　つかまって泣くことも出来るのに！」
苦しまぎれに呼びかけると
じきそばで
あのひとの声がした

「あなたがいっぽんの木であればいい
そうすれば伐《き》り倒すことも出来るのに！」

ロマネスク

真夏の森はぎっしりと書きこまれたみどりの小説のようだ
水引草がところどころに朱筆をいれる
神よ　神よ　なにが間違っていたのだ？
どんな背徳がこの森かげにあったのだ？

ふゆのさくら

おとことおんなが

われなべにとじぶたしきにむすばれて
つぎのひからはやぬかみそくさく
なっていくのはいやなのです
あなたがしゅろうのかねであるなら
わたくしはそのひびきでありたい
あなたがうたのひとふしであるなら
わたくしはそのついくでありたい
あなたがいっこのれもんであるなら
わたくしはかがみのなかのれもん
そのようにあなたとしずかにむかいあいたい
たましいのせかいでは
わたくしもあなたもえいえんのわらべで
そうしたおままごともゆるされてあるでしょう
しめったふとんのにおいのする
まぶたのようにおもたくひさしのたれさがる
ひとつやねのしたにすめないからといって
なにをかなしむひつようがありましょう

ごらんなさいだいりびなのように
わたくしたちがならんですわったござのうえ
そこだけあかるくくれなずんで
たえまなくさくらのはなびらがちりかかる

どれほど苦い…

どれほど萱《かや》を刈りつづけたら
あの地平線は見えてくるの？
どれほど重い車を引いたら
あの曙《あけぼの》へお引越しできるの？
どれほど高く跳びあがったら
高貴なつばさが芽生えてくれるの？
どれほど苦い涙を泣いたら
あの潮騒にまじり合えるの？

どれほど強い火で煮つめたら
あの皿によそれるように血は凝《こご》るの？
どれほどのどをひき裂いたら
わたしの歌はあの耳にとどくの？

あつい晩夏

わたしの庭の
薔薇《ばら》をどうしようこの残んの薔薇を？

廃園を見た　見てしまった
呆《ほう》けてねむる老いた母が
不用意に見せてしまったのは
すだれを動かす秋風もない
この午《ひる》さがりの異常なむし暑さのせいだ

待つひとも訪《と》うひとも
もう有りようもない閑《すが》れた門は
みだらというより　むしろ
あっけらかんとした他愛《たわい》なさだ
閨《ねや》の廊下をかけ抜けてきて
じっとりと肌ににじんだ汗をぬぐう
ことしの暑さ　くるった暑さ

わたしの庭の
薔薇をどうしようこのひそかな薔薇を？

母音

——ある寂しい日私に与えて

信じていなさい

おまえののどとくちびるの温かさを
おまえが〈あ〉と言う時
どこかの暗い沼のふちの
葦《あし》のあいだで
澱《よど》んだ水が
〈あ〉
一万年にたったいちどの水泡《みなわ》を立てて独り言を洩《も》らすと

信じていなさい
優しい死がこんやもおまえを抱きしめにくると
おまえが〈い〉と呟《つぶや》く時
かわいた川の
橋桁《はしげた》の
朽ちた楔《くさび》のほとりで
〈い〉
しめし合わせたようにしばし立ちどまる風があると

信じていなさい
痛みはおまえだけのものではないと
おまえが〈う〉と呻《うめ》く時
真夜中の劇場の
楽器置場の片隅で
コントラバスが
〈う〉
ひくく呻いて同じ苦痛の相槌《あいづち》を打ってよこすと

信じていなさい
おまえには名も無い多くの友がいると
おまえが〈え?・〉問い返す時
遠い森のいっぽんいっぽんの木が
答えのかたちに枝を撓《たわ》ませ
葉隠《はごも》りの小鳥たちが
〈え?・〉
同じ疑問を一晩じゅうざわめきながら悩んでくれていると

信じていなさい
うたうことは決してむなしいことではないと
おまえが〈お〉と言う時
青草が
牡牛《おうし》が
見えないものの影が
〈お〉
むっくり起きあがり　おまえと一緒に歩き出すと

今はもう

わたしの目のうしろには海がある
わたしはそれを全部泣いてしまわなければならない
——エルゼ・ラスカー・シューラー

わたしの目のうしろの海は
悲しみのあまりに沖まで引いてしまった
今はもう　かもめもとばない
さかなは目をみひらいたまま　干《ひ》涸《から》びて死んでいる
海は　戻ってこないだろう
かなたで苦《にが》い塩の岩となりはてるだろう

あのひとが来てかつての渚《なぎさ》に
はだしで　足あとをつけてくださらなければ
くちづけで溶かし
涙で　うすめてくださらなければ

雪

うまく結晶できないままに
雪は　地上に
到着してしまうことがある

そんなとき
雪はとても　はずかしい
わが身をひどく腑甲斐《ふがい》ながって

いそいで　とけてしまおうとする
青年のとがった肩や
少女の長いまつげの先で

ほんとうは
雪は美しい花のかたちになって
とまってやりたかったのだ
それきり逢《あ》わない
つらい〈さよなら〉をしようとしている
街角の
ふしあわせな恋人たちに

見知らぬ恋人たちのための眠り

「きっとぼくたちは、誰かが見ている夢なのだ」

美しい王妃のひざに頬《ほお》をうずめて、若い貧しい詩人は呟《つぶや》く。ここにこうして〈在《あ》る〉ことの幸福が、とっさには咀嚼《そしやく》しきれずに。

そう……、物語の中の詩人でなくとも、どんな時代のどんな恋びとたちにとっても、愛の成就《じようじゆ》がもたらしてくれる幸福感は、身にあまるものだ。現実と思うにはそれはあまりに眩《まぶ》しすぎたし、夢と思えば、身動きひとつしただけでも、醒《さ》めてしまいそうでおそろしい。で、恋びとたちは、遠くの、それもなるべく無縁の人の眠りの中へ、幸福をこっそり預《あず》けて保管してもらうことを、思いつく。

夜、眠りながら、わたしはよく胸のうえに、そうした恋びとたちの幸福が、一番《ひとつが》いの鶺《せき》鴒《れい》になってやってきて、おずおずと足をおろすのを感じる。

わたしの目醒《めざ》めがたいそう遅い朝があるのは、そうした遠くの、名前も知らない恋びとたちの願望のためだ。できるだけながびかせるよう委託《いたく》された、夢のせいだ。

海

――高田博厚氏の同題の彫像に寄せて

わたしが立ちあがると
腕からも　乳房からも　脹脛《ふくらはぎ》からも
海がしたたる
都会のただ中の高層建築の最上階にいる時も
山岳地方をひとりで旅している時も
わたしは絶えずわたしの中に
潮鳴りを聴いている

母の胎内にも
海水と成分を同じくする水が湛《たた》えられていて
陽《ひ》の下にあらわれる前のわたしは

その海に浮び
ちゃぷちゃぷ水遊びをしていた
あの頃の一日の
なんとのどかに永かったことだろう

わたしは海で出来ているのだと
思うようになったのは　かなり長じてからのことだ
満ち引きを正確にくり返すものが
わたしの中にあるのだ
魚が泳ぎ　とびはねるのだ
時として溺死《できし》したおとこが
難破船の檣頭《しょうとう》のように朝の渚《なぎさ》に漂着するのだ

地球よ

億年啼《な》きつづけて
鳥はまだその歌を完成しない
億年育ちつづけて
木はまだきわみの空を知らぬ
地球よ　地球よ
どうして炉の火を落せよう
元気よく手をあげるちびっ子たちの声が響いて
小学校は授業中だ

お天気がよいので

あまり　お天気がよいので
すみずみまで照らしだされて
この世は
よく磨かれた鏡のうちがわのようだ
どこかに
あるらしい　もっとたしかな現実を
素直にうつして　たんぽぽが咲く
そっくりおなじく　柳の枝が風に揺れる
そこここで　人が死ぬ
さようならと
わたしが恋人にお辞儀をする
横断歩道を渡ってゆく

やはり　振りかえらずに

夢のなかで

夢のなかで
道を訊《き》かれ　教えた
そのひとは疎林の下草を踏んで
わたしの指さすほうへ歩いて行った

だがその道はまちがっていた
わたしはそこらをしばらく散策したあとで
べつの小径《こみち》を行ったのだが
そこに朝があったからだ

そのひとはわたしの夢のなかを

いまださまよいつづけているのであろう
疎林のむこうには
どこまでも明けない夜がつづいていて……

小径のはしにこうして蹲《しゃが》んで
露に濡《ぬ》れながら少しのあいだ待ってみようか
ひき返してきて
夢の奥処《おくが》に荒々しくわたしを攫《さら》って行くかもしれぬ　そのひとを

もはやどの朝にも抜け道のない
夢の牢《ろう》に閉じこめて　ひそかに末長く苛《さいな》んでやろうか
わたし自身も踏み入ったことのない
わたしの闇《やみ》を歩きつくしてしまった　そのひとを

ことしの花の…

ことしの花の下にいて
去年のさくら　おととしのさくら
いつの世かさえさだかではない
はるかな春の
おとことおんなに
散りかかっていた花びらを思う

そのあと
ふたりはどうしたか
父の父の　祖父《おおちち》だったかもしれない
母の母の　祖母《おおはは》だったかもしれない
そのふたり

花はいくど咲き　いくど散ったろう
ひとたちはいくど会い
そうしていくど別れたろう
うららかに陽《ひ》は照りながら
ひいやりとなぜかつめたい花の下に
ことしのひとと共にいて

いちまいの海

うつくしい海をいちまい
買った記憶がある
青空天井の市場で
絨毯《じゅうたん》商人のようにひろげては巻き
ひろげては巻きして　海を売っていた男があったのだ

午睡の夢にみた風景のようで
市場のことは　はっきりとは思い出せないが

その海に
溺《おぼ》れもせずにわたしが釣り合ってゆけたのは
進水したての船舶のように
けざやかに引かれた吃水線《きっすいせん》をわたしが持っていたからだ
しかしそれも一時期のこと
引っ越しの際にまたぐるぐる巻きにして
新居の裏手の物置へ
がらくたと一緒にしまいこみ　忘れたままでいたのだが

一羽の鷗《かもめ》が物置の戸の隙間《すきま》から
けさ不意に羽搏《はばた》き　翔《と》び立ち　わたしをひどく狼狽《ろうばい》させた
今頃になってよみがえって　どうする
剝《は》げおちた吃水線を引き直す時間もわたしに与えず
裏庭を水びたしにしはじめている

あの海を　どうする

日比谷の秋

下車駅を間違え　地下鉄ひと駅分を
お壕端《ほりばた》に沿ってヤナギの街路樹の下を歩いて行く
三つ目の信号を左へ曲った所にあるホテルの
大宴会場ではもうシャンペンが抜かれて
乾杯　乾杯　はじまっているだろう

水に移った空が深い
雲のすがたも　はや　いわし雲
台風もよいの風に吹き飛ばされた新聞紙が
その空のへりに浮かんで
凶弾で斃《たお》れた某国の宰相の顔が水びたしだ

何を釣るつもりか
夏のままに青いヤナギが　欲深く糸を垂れている
ところで誰の祝いごとで招《よ》ばれてきたんだっけ
この国ののどかなこと
首相もおっとりした声で政見を棒読みにする

世の中　変りそうでなかなか変らない
変らないようでいて　不意に変る
三つ目の信号は左にも右にも曲らない
青になるのを待ち
まっすぐ渡ってつぎの地下鉄入口に消える

わたしは　何処へ

わたしは　何処《どこ》へ
行くのでしょう
人生は荒野だ
とはいっても
歩いて行かない
わけにはいかないのです
風のつよい日
灌木《かんぼく》のしげみがさわいで
わたしの髪も　みだれました

日も　月も
流れて行きます

愛もまた流れ去る
とはいっても
愛なしで生きて
いけるでしょうか
風のつよい日
思い出がめくれて
癒《い》えたはずの傷がまた　いたみました

白い道は　どこまでも
つづいています
人生はひとつの旅だ
とはいっても
小鳥のようにとまる枝が
あってのことでしょう
風のつよい日
遠くの野には花があると
じぶんにいい聞かせて　歩きました

壺

白磁の壺《つぼ》よ
どんな火に抱きしめられて
おまえの現在《いま》はつくられたのだろう
雪山の巓《いただき》からはこばれて来たかのような
ひややかな美しさ

ときどき思い出して
もだえることもあるのだろうか
火の腕のなかで
火よりもいっそう火であった
密室での　あのめくるめく時間を――

いや　無いだろう　無いだろう
あるとすれば歪《ゆが》んでいて
そうして立ってはいられないはずだ
どこかが罅《ひび》われていて
悲しい水をにじませているはずだ

――この　わたしのように

そこの誰かさん

家の前を流れる川が
すっかり流れつくし
川床が乾いて遠くから光って見えるようになるまで
待つのですか
誰かさん　誰かさん　ため息ばかりついて

あちこちに散らばっている雲を
天がみな泣いてしまい
ぬぐったように空がきれいになるまで
待つのですか
誰かさん　誰かさん　天気予報ばかり気にして

もう桑も食《は》まなくなった透蚕《すきご》が
思いのたけを糸にして吐いてしまい
繭の中で紡錘形の蛹《さなぎ》になるまで
待つのですか
誰かさん　誰かさん　糸も針も持たずに

裏庭のカシの木が大木になり　伐《き》り倒され
それでこしらえた食器戸棚の奥で洋銀のポットが
緑青《ろくしょう》をふいて使いものにならなくなるまで
待つのですか
誰かさん　誰かさん　額縁の中の人のように坐《すわ》って

ふさふさした髪が一本残らず白くなり
あのさびしい野辺の煙突から
けむりとなって消えてしまうまで
待つのですか
誰かさん　誰かさん　野の花のかんざしも挿さずに

一年がゆき　一年がくる
町では暗がりで手相見があんどんに灯を入れる
恋びとを　幸運を　こちらから出向こうともせず
らいねんもただ待つのですか
誰かさん　誰かさん　そこの誰かさん

ひきわり麦抄・抄

苦瓜を語るにも……

苦瓜《にがうり》を語るにも　水盤をうたふにも
場合場合に釣り合つた重さのことばを量り分けようと
わたくしの中の天秤《てんびん》は
終日　揺れやむことが無い

われわれもつねに量られてゐる
死とのあやふい均衡において
からうじて今日わたくしは
生かされた　と思ふ

夜更けに空を仰ぐと
南の天涯にもやはり秤《はかり》があつて
をとめ座とさそり座の間《あはひ》
いづれかに傾《かし》がうとして幽《かす》かに揺れるのが見える

さういふ星が……

壁から鋲《びやう》をはづすやうに
空の一角から　その星をはづす
すると満天に嵌《は》めこまれてゐた星たちが
一挙に剝《は》げ落ち
巨《おほ》きな手でじやらじやら掻《か》きあつめられて
宇宙のいつさいがゲームセットとなる……
さういふ星が　あるのではないか

言葉にもさういふひとことがあつて
用ゐると
かがやいてゐたこの世のすべての物語が
一斉に緑青をふき　虚となつてしまふ
あるいは　斃《たふ》れてゐた馬の

全身が不意にぴくぴく痙攣《けいれん》し
やにはに起きあがつて千里を疾走する……

そのひとことを探すのが
詩人のしごとなのだらうか
それとも隠すのが
詩人の役割りなのだらうか

ことばとは通貨のやうな……

ことばとは通貨のやうなものだが
通貨のやうには
見合つたものと引き換へられたためしが無い
小銭を出したのに
抱へきれないほどの花束を押しつけられたり
とつておきの金貨を渡し

一世一代の買ひ物をしようとしたのに
マッチの小箱ひとつ
返つてこないこともあつて

傘をさして……

傘をさしてスクランブル交差点を渡つてゆく
Script はとうに天の奥まつた書斎で誰かが書いたものだ
その通り翡翠《かはせみ》色の傘をさして
有楽町ソニー・ビル前の交差点を渡つてゆく

向うからやつてくるあのひととぱつたり出会ふ
筋書がさうなつてゐるのだ　その通りに
対角の街衢《がいく》から大股《おほまた》にやつてくるあのひとと
なかほどでぱつたり出会ふ　いつぱうが傘をたたむ

それからどうしたか　どうなつたか
梅雨空《つゆぞら》と涙の目では読みとれぬ文字で記されてゐるので
このソネットで私はうたふことができない

百年後千年後　魂だけになつても二人が
廃墟《はいきよ》となつた街で執念《しふね》く出会ひを重ねても　うたへない
かくされた文字が陽《ひ》に赦《ゆる》されてあぶり出されるまでは

ぬきさしのならぬこころを……

あのひとの詩が
ことばを繁《しげ》らせ　さらにことばを被《かぶ》せてゐるのは
こころを　かくしたいからなのでせう
雉鳩《きじばと》が　繁みに巣をかけ
そこにたまごを産むやうに

ぬきさしのならぬこころを
わたくしはたまごのやうに掌《てのひら》にのせ
ひかりのはうへ差し出したく
まづ巣を発見しようとして
葉を　枝々を　はらふのです

お米を量る時は……

お米を量る時はすりきり
そらまめや大豆を量る時は
スキマの分もいれて　山もりいつぱい

それが
わたくしの村の穀物の量り方です
お米のやうなことばで

すりきりに書くか
そらまめや大豆のやうなことばで
山もりいつぱいに書くか

村びとたちの手つきを真似《まね》たく思ふのですが
なかなか　うまくゆきません
いつでもことばが
足りないか　夥《おびただ》しくこぼれてしまふかして

——アソビマショ……

——タアチヤン　アソビマショ
男の子が路地で
木造アパートの二階の窓を見あげ
呼んでゐる
窓は締めきられたままだ

それでも子どもは呼ぶのをやめない
いつしんにこゑをはりあげてゐる
タアチヤンは昨夜高熱を出し
死んだかもしれないのに
借金で首が回らなくなつた両親が
わづかばかりの家財道具と一緒にひつ括《くく》つて
夜逃げしたかもしれないのに
――タアチヤン　アソビマシヨ
――タアチヤン　アソビマシヨ
意味からも目的からも疾《と》うに離れて
うたになつてしまつてゐる　ことばの佳《よ》さ
子どものこゑがひびくあたり
いつまでも空は暮れずにいて
赤とんぼみたいにことばが群れ飛んでゐる

わたしは　まだ一行も……

流れてゐるね　川
ゆふべもおまへは眠らなかつた
川面《かはも》にうつつたまるい月を
おまへがせつせと揉《も》み洗ひしたので
明け方すつかり白くなつて
すこし痩《や》せて
西の空に帰つていつたのを
わたしは　見てゐたよ

川つぷちに立つてゐる古いホテルに
投宿して　けふで三日
窓ぎはの机に
原稿用紙をひろげはしてゐるものの
まだ一行も　書いてゐない
どうして書けるだらうか

おまへといふ素晴しい一行を前にして

おまへはその一行のなかに
百千の魚を泳がせてゐる
太古からうたひつづけ
しかも日毎《ひごと》に新しい歌をうたつてゐる
両側の田畑をうるほし
家々の屋根の下にあかりをつけ
そこに生きる人々の暮しの根つこを
しつかと摑《つか》んでゐる手を持つてゐる
その手は時に
川上の若者が花に託した思ひを
川下の娘のもとに運ぶといふ
粋《いき》な文使ひもする

わたしは貧しい
こころも　からだも　渇いてゐる

おまへのそばの宿にきたのも
並んで幾夜か身を横たへることで
おまへの豊かさを
いくぶんなりと　分けて貰《もら》はうとしてのこと

流れてゐるね　川
おまへは流れながら
向う岸――彼岸があることを
わたしに教へてくれてゐる
わたしは渡つて行けるだらうか
月影ひとつ洗ひもせず
いちりんの花を運びもしなかつた
わたしだけれど　川よ　川よ

きずだらけのこころは……

きずだらけのこころはときどき
ひらがなのくさむらにかくします
しかくいもじはかどがあたつていたいのです
そのくさちは
びるでぃんぐのまちからもとほく
こんくりいとのはしなどもかかつてゐない
とがつためつきのひととゆきかふこともない
しづかなむらのはづれにあります
いちにちぢゆうそよかぜがふき
やはらかなひがさし
きこえるのは
のどかなうしのなきごゑくらゐなものです
やがてこころは
ひをすつてふくらんだごむまりのやうに
ひかつてはずんで

ころころまろびだしてきます
そのやうすはくさがみどりのほそいてで
こころをおしだしてくれたやうに
はたからはみえるはずです
そしてあるいは
ほんたうにさうかもしれないのです

渡りかけて　こころはふいに……

ことばが　ときに　吊《つ》り橋《ばし》みたいに揺れますので
むかうへ　たどりつけるかどうか　あぶないものです
渡りかけて　こころはふいに　立ちすくみます
ロープが切れ　渡り木がバラバラ　谷底へ落ちてゆきます
こころもバラバラ　落ちてゆきます

夜ふけに草をしめらせた露が……

ことばはいつ　詩となるのであらう
猿に嚙《か》みくだかれた木の実が
むろの中で年月を経て酒となるやうに
夜ふけに草をしめらせた露が
あけがた葉末で玉となるやうに

幼な子を風呂に入れようと……

幼な子を風呂《ふろ》に入れようとして服を脱がせると
やはらかなほそい裸が　鳥肌をたててふるへてゐます
ことばもわたくしの手で裸にして立たせてみたいのですが
ことばが着てゐるあぶらじみた衣服は
ボタンのありかが入り組んでゐて
脱がせようとするとひどく梃摺《てこず》ります

足の悪い子供が……

「神さまが吃《ども》るやうに書け　と
　シュペルヴィエルも言つてゐるよ」
教へてくださつたのは　嵯峨《さが》信之《のぶゆき》さんだつた
十年の余も
わたしは考へ続けてゐたのだが
身についたこととといへば
足の悪い子供が躓《つまづ》かぬやうびくびく歩く
その歩き方と散らばつた足あと——くらゐなものであつた
道端でも　原稿用紙の上でも

落葉の季節がきて……

天に近い梢《こずゑ》にゆくほど
葉はつつましく小振りになる
　……たぶん　ことばも

落葉の季節がきて
見てゐると
小さい葉はよく乾き　よく飛んで
風に遠くへ運ばれて行く
大振りな葉は　枝にあつた時もさうだが
落ちても　樹下に澱《よど》んでゐる闇《やみ》から離れられず
根もとに蹲《うずくま》り朽ちてゆく
　……たぶん　ことばも

骨の隠し場所が……

人が一生のあひだに
どうしても云《い》はなければならない言葉といふのは
二言《ふたこと》か　三言なのであらう
はやばやと云つてしまふと
生きつづける理由が無くなるので
人はその言葉を
どうでもいいどつさりの言葉の中にまぎれこませて
自分でも気づかぬふりをしてゐるのだらう
どうでもいいどつさりの言葉で
お喋《しやべ》りをすればするほど心はみすぼらしく飢ゑ
するうちに四《よ》つん這《ば》ひになり
くんくん啼《な》いたりもするのであらう
どこへ埋めたか　骨の隠し場所が
つひにわからなくなつた　ひもじい小犬のやうに

バルコニーにひきわり麦を……

確実に受けとめられることばが欲しくて
バルコニーにひきわり麦を撒《ま》いてゐる
河原鳩《かはらばと》がやつてきてそれを啄《ついば》むさまを眺め
少しでもなぐさめられたい　が　鳩はとんでこない
そのくせ　夜が明けると
麦はすつかりなくなつてゐる

ローズウッドの食卓

お醤油《しょうゆ》もこぼしたが　涙もこぼした
どちらも手早く拭《ふ》きとられて一見あとかたも無いが
涙の塩分のほうがやや複雑らしく
永年のあいだにかすかな汚点《しみ》をつくった
だがこの家には　誰もそれに気づく者はいない
ひげ剃《そ》りには入念に時間をかける夫も
音盤の塵《ちり》には人一倍敏感な息子《むすこ》も

家計簿もつけたが　不埒《ふらち》な夢も描いた
しかしそれとてひとりになった午後だけのことだ
食器戸棚のひき出しには
ヨットに張られて水平線を越えることも

血で染められて革命の旗となることもありそうに無い
〈家庭の幸福〉というサイズの卓布が
きちんと畳んでしまわれていて
来客の時や家族の誰彼の誕生日の晩餐《ばんさん》には
主婦であるわたくしの手でとり出され　おごそかに食卓を蔽《おお》う

空き壜

冬じゅう服用していたので
ビタミン剤の大壜《おおびん》が空になった
恋だの詩だのが日に幾錠もせびるので
わたしのこころもとうに空っぽになっている
壜と並んで
明るい陽《ひ》のさすこの窓際に立っていたら
こころにも口までいっぱい

光が溜《たま》ってくれるかしら
桃だの桜だのの固い蕾《つぼみ》の結び目をほどいて
ほんのり紅をさしたりもする
ききめを持った春の光が

ゆうべ　空の端っこに…

ゆうべ　空の端っこに
さみしい矢車草のような
花火が　いくつか　咲いては散った
それでも川原には
ゆく夏を惜しむ人々の賑《にぎ》わいがあって
手をつなぎ　群れを離れ
ことばも無く
見上げていた男女もあったことだろう

つめたいゼリー菓子ほどにも
凝《こご》らぬ恋もあるものだ
川はもう　陽《ひ》にかがやきながら
屈託もなく流れていることだろう
ゆうべ花火を映した水とは
べつの水が

短い髪

もし切らなかったら
切らずに伸ばしつづけていたら
わたしの髪は　ふるさとの川のように流れて
今ごろは海にとどいていたでしょう
潮の間《あわい》で　藻のようにゆらぎ
幼い魚たちにかくれんぼさせたり

さんごの細い小指に巻かれたり
時には二枚貝に挟まれ
ちいさな悲鳴をあげたりしていたでしょう
海の底には　難破した船と一緒に
若い水夫が眠っています
額《ひたい》のあたり　閉じた瞼《まぶた》や鼻梁《びりょう》のあたり
ものを考えている時の
あのひとにどこか消《に》ている孤独なむくろを
わたしの髪は
ねんごろに蔽《おお》ってもあげたでしょう
あのひとのそばでも
まだうたえずにいる優しい歌を　うたいながら

おりおりに切り捨てられた　わたしの髪
行方《ゆくえ》知れずのわたしの思い
冬の午後　街なかのバス・ストップ
こがらしが短い髪を逆立ててゆくので

さびしい瓶ブラシみたいに　わたしは立っています
透《す》き徹《とお》るように空は青くて
天には底がありません
バスも来ない　衿《えり》あしが寒い
わたしの髪は最早《もはや》どこにもとどくことができない
夜になるとあたたかな灯がともる
あのひとの部屋の窓框《まどがまち》にも
はすかいにすい！　と飛び去る小鳥の羽にも
葉の落ちつくした街路樹の
いちばん下の　痩《や》せこけたあの枝にさえ

雨夜

ずっと降っていたのにちがいないのに
就寝の時になって

はじめて雨の音に気づく

ベッドに身を横たえて
しみじみと聞いている
雨が　わたしの中に入ろうとしているのか
わたしの心が　雨の中へ
出て行こうとしているのか

小さな廂《ひさし》が
わたしにさしかけられていいて
わたしの舟は
窓下に繫留《けいりゅう》されているけれど

やがて眠りが
黒い合羽を着た
貸しボート屋の小父《おじ》さんのようにやってきて
纜《ともづな》をほどいてくれるだろう

ひたひたひたひた
足音が近づいてくる
つば広のレイン・ハットが隠していて
小父さんの顔は見えないが

路上

おとうふを買いに行って
はからずも　母に会った
おとうふを買いに行かなければ
会えないおかあさんだった
陽《ひ》がやや傾きかけた時刻
容《い》れものを持って
西のおとうふ屋へ

おとうふを買いに行かなければ

――わたしも　会いたいわ
この頃すこし老けた妹が
しおらしいことをいうので
ある午後誘って
おとうふを買いに行く
水を張ったボールに
一丁ずつ入れて貰《もら》い
西陽を背にうけ　帰ってくる

路上に母がいる
アルマイトのボールを抱え
おとうふを買いに行った日の母が
そろりそろり　歩いている
――ほんとうだ
まあ　おかあさん――

それに今日は　二人も並んで
母が歩いている

日録

わたくしは天から日を盗んだ
月を盗んだ　大気を盗んだ
雨を盗んで干割れた口唇を癒《いや》した
風を盗み
帆に孕《はら》ませて潮路をいそいだこともあった

海からは塩を　魚を　海草を
そうしてかがやく向う岸を盗んだ

地からは五つの穀物を盗んだ

青菜と　砂糖黍《さとうきび》と　土中にふとる藷《いも》を盗んだ
けものの皮と　膏肉《あぶらみ》と　骨を盗んだ
棉《わた》を盗んだ　山繭を盗んだ　パピルスを盗んだ
鉱石を盗み　原油を盗み
飽くことなく日々地下水を盗んだ

しかるに　ああ
小《こ》抽出《ひきだ》しに鍵《かぎ》をかけ
陋屋《ろうおく》の戸にさらに鍵をかけ
念入りに確かめなどして出かけてゆくわたくしの　この卑しさ
横断歩道を渡るにも
何を奪われるのを怖《おそ》れてか
右を見左を見　おどおど渡るわたくしの　このいじましさ

開闢《かいびゃく》いらい開けっぱなし　とらせ放題の
天の下に住んで
地の上に在って

大地はまだ…

大地はまだ
まっかな林檎《りんご》やきんいろの蜜柑《みかん》を
こんなにもころころ
とり出して見せてくれるのだもの
その上に今生きている私たち
大地をまねて
新しいいのちを産み出さなければならない
花咲き　種子となるものたちを
すこやかに育てなければならない

空はまだ
鳥たちを自由にはばたかせ

窓という窓に陽光《ひかり》を届けてくれるのだもの
その下に今生きている私たち
空にならって
ひろい心を持たなければならない
暗い夜には月と星とをちりばめて
この世を明るくする
灯の点《つ》け方を覚えなければならない

海はまだ
たくさんの魚を泳がせ　貝を眠らせ
はかり知れない涙を混ぜ合わせて
だいじな塩をつくってくれているのだもの
海に囲まれ　今生きている私たち
海と同じく
いつも豊かに満ちていなければならない
母よ　と呼んでくれる者たちのために
子守歌をうたいつづけていなければならない

シーサイド・ホテル

あんなに塩からい水のなかに棲《す》んでいたのに
活《いけ》づくりの鯛《たい》の刺身の仄《ほの》かなあまさ

海中で死に
いくにちも波間に漂っていた魚を
食べたことはないが

それはきっと
きつい塩気が舌を刺すのにちがいない
鰓《えら》が動きを止めた瞬間から
魚の体内への
海の浸蝕《しんしょく》がはじまるのであろうから

ベッド・サイドの灯《あか》りをつけておくと
光がとどくあたりまで
海はおとなしく退いている
だが　スイッチを切ると
機会《おり》を狙《ねら》っていた巨獣のように
海は闇《やみ》ごと　どっと雪崩《なだ》れこんでくる
潮騒が室内に充《み》ちる

わたしの肉は
まだ　少しは　あまいだろうか
それとももう　かすかに塩あじがしているか……

釣りびとの鉤《はり》も
神の菜箸《さいばし》もとどかぬ昏《くら》い海の底で
ひとり　身を横たえている夜

かもめ

入江の空を
かもめが一羽　舞っている

ひとかたまりの集落が
海べりにしがみつくようにして
暮しをいとなんでいる
海に向っていくつかの窓
朝早いので　人影は見えないが

窓の中には目があって
それぞれに屈託をかかえた人たちが
はれぼったいまぶたで
かもめが飛ぶのを　やはり眺めているだろう
とりたてて眺めるほどの
風景ではないかも知れないが

家々の流しの下では
ゆうべひとりで
あるいは家族で食卓を囲んで食べた魚の
骨やはらわた
ぶちきられた頭やしっぽが
やはり腐臭をたてはじめているだろう

海辺に棲息《せいそく》しながら
かもめは海のなまぐささを一切口にしない
その一羽の

はばたき方にはひとつの諧調《かいちょう》があって
まるでどこかに
指揮棒を振るコンダクターがいるかのようだ

いるのだろう　いるのだ　たぶん――
そうしてこの風景の中で
かれだけがそれを感受しているのだ
どんよりとした入江の空を
いよいよ白くなりまさりながら
一羽のかもめが　舞っている

風景

渚《なぎさ》があって
巨《おお》きな根っこの流木がひとつ

船くい虫にやられた廃船が一艘《いっそう》
茶色い犬が　そこらをうろつき回っていて
潮風が吹いている

渚があって
沖を向いてつっ立っている女
濡《ぬ》れた砂に　明らかに男のものと知れる足あとが
ずうっと岬のほうまでついていて
潮風が吹いている

船かげに胡座《こざ》して
老漁夫は網の破れをつくろっている
スェーターの脇腹にあいた穴はいっこうに気にならぬらしい
ほつれた毛糸がけばだっていて
潮風が吹いている

誰も知らずにいることだが

町の本屋や図書館の書物という書物のなかで
物語の編み目つなぎ目が一斉にほどけてしまう時刻がある
つまらない言い争いのあと
大股《おおまた》に男が立ち去り　女が追いもしなかったのは
かがり手の手がゆるんだそういう時刻だったのだろう
潮風が吹いている

渚があって
流木　廃船　うろつき回る犬
立っている女　男の足あと
老漁夫　スエーター　脇腹の穴
みな何かからほどけて
ほつれたままてんでにそこにあって
そのひとつひとつに　潮風が吹いている

けさの目覚め

佐庭啓吾《さにわけいご》が死んだよ
文学仲間のひとりが新聞を持ってやってきて
訃報欄《ふほうらん》を示して言う
きみ行かなくていいの？　とくべつな間柄なんだろ？
おろおろ　取りみだし
でもわたし　やっぱり行けない
自分の嗚咽《おえつ》で目が覚めたが

朝の光の中に起きかえってみると
そのような人は　まったく心あたりも無い
しかしその名は一画一画　今しがた受けた手術の
縫合の針跡みたいになまなましく胸にのこっていて

新聞をひろげる音や
印刷インクのにおいまでまだ漂っていて
佐庭啓吾　その人とのかかわりのほうが
かりそめならぬわたしの人生だったのではないかと
次第にわたしは思いはじめている
長い歳月　現実と思いさだめていた暮しが
夢であった――そのような事も
あるいはあるのかも知れない
わたしは見回す
この寝台も夢　壁の時計も　机も椅子《いす》も書棚も夢
夢のキャベツを刻むキッチンへと
通じているあのドアも夢…

窓

いくつかの屋根のむこうに
百日紅《さるすべり》の梢《こずえ》が見える
この二階家に住むようになって　二十年
花が燃えあがり　夏じゅう揺らぎ
百日ののちにすっかり火を落すさまを
わたしはこの窓から
夏の数だけ見てきたことになる

けれどその家のことは何も知らない
とむらいを出した年もあるいはあっただろうが
弔問客の出はいりは　ここからは見えない
おめでたがあって　おぎゃあおぎゃあ

げんきな泣声が屋根をもちあげていたとしても
その賑《にぎわ》いは　ここまでは届かない

知り得ることはほんの僅《わず》かなのだ
そうして人は老いてゆくのだ――とふと思う
ことしの夏はとりわけ暑く長かった
しかしさすがに十一月　梢の上の空は重たい鉛色

こうしてわたしが眺めている窓を
やはり朝夕　なにげなく見ている窓が
どこかにあるかも知れない
「おや　雨だわ」などと呟《つぶや》いて
早々とブラインドをおろしたりしている窓が

同じ森に日は沈み…

そのひとを思うと
水辺の草のようにまつげが濡《ぬ》れてくるのだった
川も湖も近くには無かったから
水のみなもとは隠しようもなくわたしの中にあるのだった
けれどもわたしはそのことを
そのひとには告げなかった
もう何年も　同じ森に日は沈み
同じ窓に同じカーテンをわたしは引いて
夜をむかえた

「一夜*のうちに
ぼくの一生はすぎてしまったのであろうか」

とうたった詩人がいた
けれどもわたしの一生は
ひとりでは埋めつくせぬ千夜の闇《やみ》を
藍甕《あいがめ》の中の澱《おり》のように淀《よど》ませて
ここにとどまっているほかは無いもののようであった
屋根のうえを
風と星々だけが過ぎていった

時たま会って　森を歩いた
ひかりを欲しがってブナもミズナラも天へ伸びいそぎ
ために一層　樹下の暗がりを深くしていた
けれどもわたしはそのことを
そのひとには告げなかった
天蓋《てんがい》めいた高い梢《こずえ》の
陽《ひ》にきらめく緑の美しさをそのひとは言い
わたしは　暗がりをかかえた木たちの
せつなさを思って　歩を運んだ

＊黒田《くろだ》三郎《さぶろう》「そこにひとつの席が」部分。

あけがたの虹

天は
誰の手も煩《わずら》わせずに
みごとな橋を
空に　架《か》けます

ひとふで描《が》きのタッチで
この町の屋根の上から
黄金《きん》にふちどられた　あの
雲のほうへ

いま　ひとつ
小さな子どものたましいが

うれしそうに　スキップしながら
わたって行きました

レタスをつんだ軽四輪《けいよんりん》も
しんぶんはいたつの自転車も
さんぽの犬も
まだ　通らなかったけれど

それだけで
わたしのしごとは　じゅうぶん
というように
橋は　消えました

お返し

「マレー半島のセノイ族はね
　夢でおごられると
　つぎの日早速おごり返しに行くんですって」
レストランで
彼女は笑いながら伝票を自分のほうへ引き寄せる
「だからきょうは　わたしに持たせて」
私は昨夜　彼女の夢の中で
エスニック料理をたっぷりご馳走《ちそう》したのだそうだ

それなら今朝《けさ》がたどっと咲いた
この桜は　だれへのお返しなのだろう
ひと足先に店を出て

満開の並木の桜を私は見あげる
くろい幹は夢の中で
一体だれに　花らんまんのもてなしを受けた?

「あの世で返す　返して貰《もら》う　という約束で
　お金の貸し借りをする部族が
　あるって話を　いま思い出したわ」
支払いをすませて出てきた友に私はいう
ふふ　あの世
ほほ　この世
ここはどっち?　二人は燥《はしや》いで歩いて行く
これはこれは——の花の道を

男の声

丸めた古毛布の上に、よれよれの戦闘帽をかぶせたような風体の矮男《こおとこ》。旋盤工であったか検査工であったか、男は、私どもの学校工場に親工場から派遣された十数名の工員のうちのひとりで、直接の指導員ではなかったから、私ども女学生は、一度もかれと言葉を交わしたことが無い。

日の丸を中心に〈神風〉と染め抜いた手拭《てぬぐ》いの鉢巻を、眉《まゆ》がつりあがるほどきりりと締めて、私どもが機械と取り組み拵《こしら》えていたのは、特攻機の心臓部をなす重要な部品ときかされていた。一定量出来あがると、二キロほど離れた松林の中にある親工場に納品する。トラックはおろかリヤカーさえ無い始末であったので、私どもがそれぞれに持ち寄ったぼろ風呂敷《ふろしき》に一個ずつ包み、両手に提げて運んで行った。気化器とよぶ軽合金製のその部品を取り付けた特別攻撃機に乗り込み、片道燃料で基地を飛び立って行く航空兵が、さして年齢のちがわぬ若者であることを思うと、私どもの足どりは重く、両手に提げた物体も次第に持ち重りがしてくる。いわばかれらの死を、恋人かやがては妻にもなったであろう私どもが、運んでいるのであった。それかあらぬか包みの中のその物体は、ちょうど人間の頭蓋骨《ずがいこつ》の形態をしていた。
悴《かじか》んだ手に切ない思いを一緒にぶら提げた女学生の一群が、雪が斑《まだら》に残った田の中のいっぽん道を黙々と進んで行くのを、古毛布の男が、職員用男子便所の明り窓か、渡り廊下の端あたりから見送っていたこともあったろうが、どのような目付で男が眺めていたかは、知る由も無い。昭和二十年の冬も過ぎ春も終り、そうしてあの、八月十五日がやってきたのだった。

正午、炎天下の校庭に整列して私どもは、奇妙なイントネーションの玉音放送なるものを聞かされたあと、礼法室に集結して指示を待つよう言い渡された。雑音入りの放送の内容は、私どもにはよくのみこめなかったが、この国がどんな事態に立ち至ったかは、休憩時間が過ぎても工場内のモーターが作動しないことや、ひっきりなしに鳴っていた空襲警報が、その朝からハタと止《や》んでしまったことからも、推測出来た。

一億玉砕。戦争に敗《ま》けたからには、国民はひとり残らず死なねばならない。まもなく担任の教師がやってきて、どのように死ぬか、その方法を指示するのだろう。そのために選ばれた、校内で唯一の畳敷きの教室、礼法室であるのだろう。だが、教師はなかなかやってこず、私どもはなすすべもなく正座して、滂沱《ぼうだ》と涙を流していた。
校庭を開墾して下級生が植えた南瓜《カボチャ》が、礼法室の窓下まで蔓《つる》を伸ばし、繁茂していた。

緑の葉に照り返す午後の陽《ひ》が、泣き疲れた目に眩《まぶ》しかった。むっくり、起《た》ちあがる人の気配がして、南瓜を一個、左手に高々とかざした男が、こちらに向かって笑いかけてきた。「敗戦祝いだ、ねえ！」。古毛布の男だった。まったく目立たぬ存在であったあの男が、顔じゅう笑いでくしゃくしゃにして、陽を照り返す葉っぱよりももっと輝いて、弾んで、そう言ったのだ、「敗戦祝いだ、ねえ！」と。

窓側にいた級友たちは一斉に批難の目を向けたが、私はただもう吃驚《びっくり》して、男の顔を見詰めていた。日の丸に神風のヘッド・ギアを外した額を、男の言葉は真新しいドリルのように刳《く》り貫《ぬ》いていった。そういう受け止め方、考え方もあったのか……。泣き呆《ほう》けている礼法室の女学生をよそに、校庭の隅で、南瓜を煮る大鍋《おおなべ》を囲んだ工員たちのドンチャン騒ぎがはじまった。

五十年たった今も、つい昨日耳にしたばかりのように私は、男の声を思い出す。純粋とはいうものの無知でしかなかった女学生の私に、ものについての考え方の多元性を教えてくれた男、その時点での私には想像すらし得なかった、民主主義という新しい時代がはじまる、その突っ端で聞いた、あの男の声を。

その朝も

その朝も　しののめをバラ色に染めて、陽《ひ》は
　昇るだろうか
その朝も　隣家の老人は起きぬけに、大きな嚔《くしゃみ》を
　ひとつするだろうか
その朝も　駆けてゆく小学生の背中で、
　筆箱はカタカタ鳴るだろうか
その朝も　パン屑《くず》は、食卓にこぼれるだろうか
　それを待って雀《すずめ》らは、ベランダに簇《むらが》るだろうか
その朝も　新妻がキッチンの床に取り落した白磁の皿は、
　涼しい音をたてて割れるだろうか
その朝も　「ナイフの上で抱きあうのさ」*、カゲキな歌を口の端に
　バイクの若者はそれでも家路を急ぐだろうか

その朝も　信号は　青でススメ、
　　　　赤でトマレ、だろうか
その朝も　TVは某宗教集団のテロと同じ手口のサリン事件を、
　　　　各局こぞって報道するだろうか
その朝も　中学教師は電車の吊《つ》り皮につかまり、
　　　　先頃の核戦争についていてどう説くべきか、苦慮するだろうか
その朝も　復元成った都庁舎の最上階に
　　　　エレベーターは、新知事を吊りあげてゆくだろうか
その朝も　片寄せられた瓦礫《がれき》の隙間《すきま》から
　　　　カタバミは芽を出し、花を咲かせるだろうか
その朝も　隣家の赤んぼうは、タマゴ色の
　　　　いいウンチをするだろうか

五十年の後《のち》かも知れない
五千年の後かも知れない
明日かも、いや
今朝かも知れない、その朝。

此処

たましいだけで立っても
影がさしただけでも開く自動ドアが
家々の玄関や
オフィスのドアに紛れて街じゅうのいたる所にある
わたしの幻がそこに吸いこまれてゆくのを
一瞬の微睡《まどろみ》のうちに見ることがある

そこでは
だいぶ前に死んだひとたちが
生きていた頃よりも若やいでいそいそ動き回っている
母もいるし　師や夭折《ようせつ》した友人もいる

＊Little Bach　のCDのタイトル。

ふと　顔に蔽《おお》いかぶさってくるあたたかい気配に
薄目をあけると
昔　指をふれ合うこともなく別れたひとが
ヘアトニックの匂《にお》いだけを仄《ほの》かに残して　立ち去ってゆく
でも此処《ここ》で待っていれば　こうしてじっと待っていれば
あのひとはまた戻ってくるわ
そうしてあの頃できなかったキスをするのだわ
春の日ざしを瞼《まぶた》に感じながら　わたしは思っている
揺り椅子《いす》がゆっくり揺れている

此処？
何処《どこ》に対して此処とわたしは言っているのだろう
*氷河のクレバスに落ちて死んだ女性隊員のことを
登山家の詩人が書いているのを数日前に読んだ
——○○さぁーん、私ここで死ぬからぁー
救助に駆けつけ　幾度も下降しようとして
狭い割れ目に阻まれている男性隊員に

さらに狭くなっているはるか下のほうから
彼女はそう叫んだという
あなたには奥さんも子供もいるのだから
危ないからもういい　と

氷河の深い裂け目から立ちのぼってくる叫び声に
きょうもわたしは締めつけられている
わたしには
これほど鮮烈に〈此処〉と名付けて呼ぶ場所が無い
過去も現在も未来も
同じフロアで開いたり閉じたりしている自動ドアで
その向う側が〈此処〉であるかと思えば
微睡から覚めれば椅子の上がただちに〈此処〉という具合だ
それでも彼女にならい　わたしも叫んでみようか
──○○さぁーん、此処というのは
　わたしにはもう　この躰《からだ》しか無いようだからぁー
　過去だとか現在だとか

時間というのも　この躰だけらしいからぁー

＊秋谷《あきや》　豊《ゆたか》「クレバスに消えた女性隊員」　詩集『砂漠のミイラ』所収

朝霧

パジャマのまま
朝刊をとりに門口へ出て
そこで広げて読んでいる男のいる裏道を通り
郵便を出しに行く
ポストは近くの病院の
通用口のそばにある
昨夜病室でしたためられたハガキや封書を
ポストはすでに幾通か呑《の》みこんでいるだろう
クレゾールの匂《にお》いが微《かす》かに染みた

若い患者の恋《ラヴ》・文《レター》なぞも
帰りみちでも
男はまだ内へ入らず　新聞にのめり込んでいる
どこかの国にクーデターがあったか
大地震があってひとつの都市が崩壊したか
それとも　王室の醜聞？　恋のもつれの無理心中？
新聞記事ばかり熱心に読んで
自分のことはろくろく読まずに
終ってしまう一生――というのもあるのかも知れない
ああして　世間から外れたところに
パジャマ姿でサンダル履きでつっ立って

間もなく　もう一本向うの通りを
第一便の郵便車が小型の車体をゆすりながら
病院の門へ走り込んで行くだろう
冷えたポストの底で

今しばらくは　静謐《せいひつ》を保っている火薬のことを
通りすぎつつ思っている
どんな爆発　炎上を起こそうと
差出人と受取人ふたりの間で揉《も》み消されて
けっして
明るみには出ない事件のことを　思っている

螢ランプ

〈子供部屋〉と標識のある
壁のスイッチには螢《ほたる》ランプがついていて
押すと　ランプは消え
その部屋に灯《あか》りがつく

眠る時に毛布の端をプチュプチュしゃぶっていた子供は

ひげの大男になり
部屋を出て行き
めったに家には帰ってこない

子供の父親が晩年脳梗塞《のうこうそく》で倒れ
しばらく病室に使っていたが
木の箱に納まり
これまた　出て行った

〈子供部屋〉と標識のある
壁のスイッチにはいぜんとして螢ランプがついていて
押すと　ランプは消え
部屋にしらじらと灯りがつく

ブリキの消防自動車をころがす音も
ステッキで床をつついて
家人をコッコッ呼ぶ音も

途絶えた今は　とめどもない夜の深さだ

かつては若い母親だったこともある女が
ベッドに腰かけ
窓ガラスにうつった自分の顔を相手に
ひとり遊びをしている

いないいないばあ
いないいないばあ

沈丁花

永年なじんだ湯呑《ゆの》み茶碗《ぢやわん》を
ふたつ並べ
同じ濃度になるよう

交互に茶を注《っ》ぎ分ける
朝のならわし

茶碗はときに触れ合って
かすかに音をたてることもあった
あの世とこの世との距離は
かほどのもの　であるらしかった

大振りのを仏壇へ
小振りのほうを　食卓へ
ときどきまちがえて
置き場所が入れ替ることもあった

*

散歩のコースに
それを咲かせた生垣があるらしく

亡くなる年の春先も
戻った夫の胸ポケットには
一りん　それが挿してあった

沈丁花《じんちょうげ》ね　ともいわず
沈丁花だ　ともいわなかった

会話を失って久しい夫と妻のあいだを
戸惑うように
花の香だけがゆききした
実利のみを追いつづけ
病いを得てかたくなに老いた生涯を
その一りんゆえに
妻はゆるしていたのだったが

詫《わ》びるのはむしろわたしのほうだったと
妻が気づいたのは　その一りんを

見ることがなくなった没後の早春のことだ
生前よりもていねいに
茶をいれて供えるようになったのも
その春からのこと

春

いろんな現れ方をするものなのねえ
この世に　地上に　いのちたちは——
けさ　川べりを歩いていて　わたしは
ことしの春の光のなかにうまれ出た
たくさんの　いのちに会いました

《これはこれは

　ゲンゴロウさまでございますか
《これはこれは
　アオイロトカゲさまで……

ゆうべは　猫が　屋根の上で
ぎょっとするほど人間にちかい声をあげていたので
思わず衿《えり》をかき合せました
ごろにゃん！
とつい洩《も》らしたのは　わたしだったのではないかと

で　宵ごしの恥かしさを
滌《すす》ごうとしての　けさのお散歩です
水はきれいに澄んでいます
《これはこれは
　シンカワさんでございますか

ほんとうに　いろんな造られ方をしているなあ
これが　わたしかなあ

いかなる闇に

ススキをとりに行って
するどい葉に　指を切られたことがある
自然も人も
とぎすまされた感性を持っていて
月は　儀式のようにおごそかに天に昇り
こうこうと照りわたった
幼いわたしに
あの頃いつもついてきた清《さや》かな影は
いかなる闇《やみ》に　まぎれてしまったのだろう
わたしよりも嬉《き》々《き》として
野の道に跳《は》ねていた
あの　あどけない影法師は

はたはたと頁がめくれ…

波打際に
日にいちど　わたしが
腰をおろしにくる岩がある
岩はいつからここに在るのか
たぶん　海と陸地が
分たれた日から
ここに　位置づけられていたのであろう
干満の差の少ないこの湾岸では
みち潮の時にも
すぐそばまで波はくるが
岩までは　届かない
サンダルを履いたわたしの

つま先さえ　濡《ぬ》らすことは無かったのだ
雨でも降らぬかぎり
岩は一日じゅう乾いている
千年前にいちどだけ
波の舌が岩の根にふれたと
考えるのは　あまりに浪漫的である
わたしはひととき
ここで潮風を深く吸いこみ
少しばかり書物を読む
はたはたと頁《ページ》がめくれ
またたく間に　千年が過ぎてゆく日もある
次の日もきてわたしは又
さかしらに書物をひらくが
わたしには　何ひとつ読みとることができない
読みとることができぬままに
やがてわたしは
いずこへか　連れ去られるのであろう

乾いた岩の上を
さらに千年が過ぎゆき
それが岩にとっての
今日であることも　悟り得ずに

詩作

はじめに混沌《どろどろ》があった
それから光がきた
古い書物は世のはじまりをそう記している
光がくるまで
どれほどの闇《やみ》が必要であったか
混沌は混沌であることのせつなさに
どれほど耐えねばならなかったか
そのようにして詩の第一行が

わたくしの中の混沌にも
射《さ》してくる一瞬がある

それからは
風がきた　小鳥がきた
川が流れ出し　銀鱗《ぎんりん》がはねた
刳《く》り舟がきた　ひげ男がきた　はだしの女がきた
木が生えてみるまに照葉樹林ができた
犬が走ってきた　驟雨《しゅうう》がきた　修行僧がきた
砂糖壺《さとうつぼ》がきた　スズメバチがきた　オルガンがきた
室内履《スリッパ》がきた　白黒まだらのホルスタインがきた
急行電車がきた…

脈絡もなくやってくるそのものたちを
牧人のように角笛を吹き
時にネコヤナギの枝の鞭《むち》をするどく鳴らして
選別し　喩《ゆ》の荷を負わせ

柵《さく》の中に追い込んで整列させる　一日の労役
それが済むと
またしても天と地は
けじめもなく闇の中に溶け込み
はじまりの混沌にもどる
だから　光がやってくる最初の日のものがたりは
千度繙《ひもと》いても　詩を書くわたくしに
日々あたらしい

幼年・少年少女詩篇

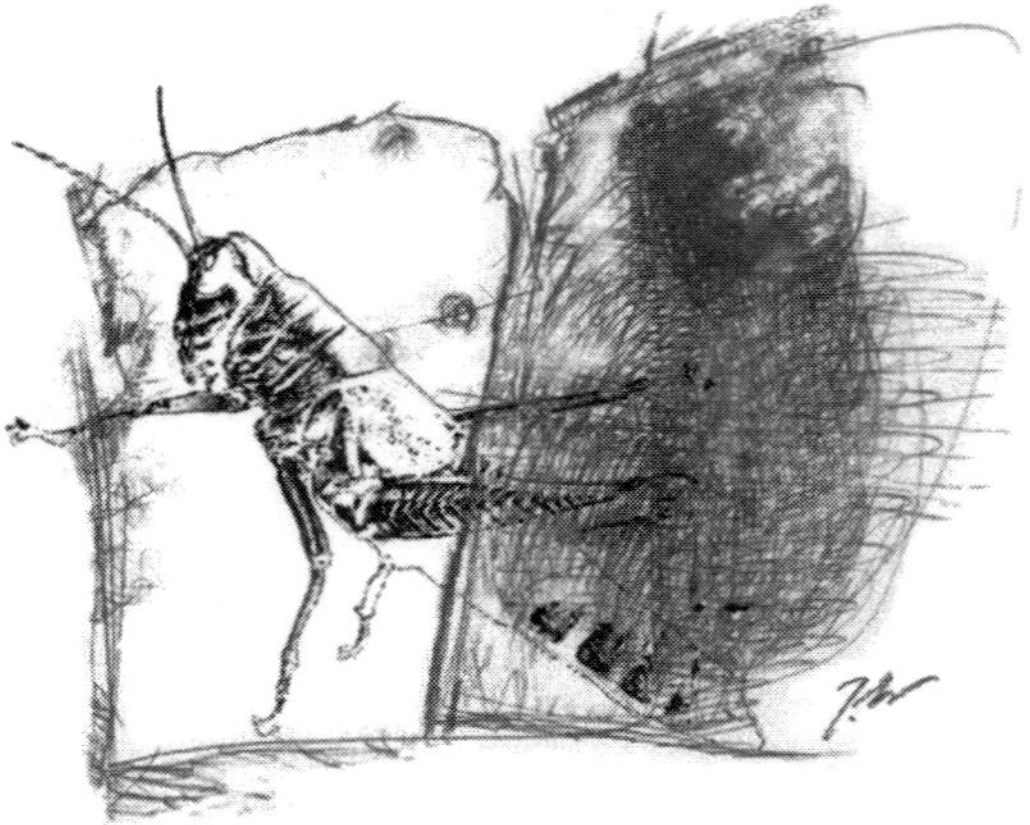

朝のおしゃべり

「ぴちくちゅ　くくちゅ」
「りりろりりろ　りろりろ」
「あらあら　まあまあ」
「ちゅーんちちち　ちちっぴ　ちい」

日曜日の朝の
三羽と一人のたのしいおしゃべり
どんなおはなし　しているかって?
ふふふ　こういうおはなしなの

「ぴちくちゅ　くくちゅ」
「りりろりりろ　りろりろ」

「あらあら　まあまあ」
「ちゅーんちちち　ちちっぴ　ちぃ」

ふーむの歌

ふーむ　ふーむ
世界は　ふーむでいっぱいだ
花の中にも　ふーむ
けむりの中にも　ふーむ
空にも　海にも　陸地にも
ふーむは　どっさり住んでいる

どんな形《かたち》？
どんな色《いろ》？

そう聞かれると　困《こま》るけど
フランクリンが　ふーむ
キューリー夫人が　ふーむ
さいしょに　こんな顔をして
ふーむ　とうなった　ふーむだよ

ふーむ　ふーむ
ぼくらも　ふーむを探《さが》そうよ

二月のうた

二月は
お日さまの　じなんぼう
なまえは　二郎《じろう》さん

ちび

せいたかのっぽの
にいさんのかげにかくれて
ひねくれっ子のように見える
でも　二郎さんは
ポケットの中であたためているのだ
小鳥のはねや
花のつぼみや
いろんなたねをぐんぐん育てる
黒い土を

はやくおいで
二郎さんはふりむいて
やさしい三月の妹《いもうと》を呼ぶ
はやくおいで　いいものをあげよう

呼んでいる

けいすけくん
ときどき　ひひーん　といなないて
子馬みたいに
かけ出したくなること
ない？

ちなつちゃん
ときどき　のどが　ひどくかわいて
おさかなみたいに
海で　およぎたくなること
ない？

わたし　ときどき
ぴょんぴょんと
両足飛びを　していることがあるの
耳がながーく
のびてゆくような気もちになるの

うちのおとうさんは
「うおお」と　ほえるときがあるわ
おかあさんは
アイロンかけを　とちゅうでやめて
「ぴちくちゅ　ぴぴー」って
さえずることが　あるわ

どこかで　だれかが
呼んでいるのよね

いっしょけんめい

いっしょけんめい　泳いだら
いつか　魚《さかな》に　なれますか
尾ひれが生えて　すいすいと
沖まで泳いで　ゆけますか

いっしょけんめい　はばたいたら
いつか　小鳥に　なれますか
つばさが生えて　ゆうゆうと
広いお空が　とべますか

いっしょけんめい　背のびをしたら
いつか　ポプラに　なれますか

みどりの葉っぱを　そよがせて
風とおはなし　できますか

いっしょけんめい　咲こうとしたら
いつか　お花に　なれますか
ひかりと水に　愛されて
わたしもきれいに　咲けますか

しゅうてん

ちいさな子供がおねんねしている
おうちの屋根が
しゅうてんだったら　いいのにな
と　思いながら
雪ははるばる

たかい空《そら》から　旅してくるのです

でも
思《おも》いどおりにはならなくて
ついたところは
木のてっぺんだったり
氷《こお》った川の上だったり
さびしい野原のはずれだったり……

雪はだまって
泣きたい思いをこらえながら
子供が夢《ゆめ》をみているへやの
窓のあかりを　ひとばんじゅう
遠くから　じっと
みつめているのです

二月の雪

空のおくには
とてもたくさんの
小鳥がかわれています
ガラスみたいに
からだがすきとおっていて
羽だけが白い
つめたぁい小鳥

その羽を
だれがこんなにむしったのでしょう
春の服に
ころもがえさせるため?

それともほそいくちばしで
神さまのだいじな木の実をつついたのを
こらしめようとして？

あとからあとから　落ちてくるのを
しぃんとした気持で　わたしは見ています
あとからあとから　落ちてゆくのを
かなしげに見つめている目が　空にもあります

びい玉屋さん

駅前の夜店で　びい玉を売っていたよ
赤　青　黄いろ　すきとおったの
何千個というびい玉の
ひとつひとつに　はだかでんきが映っていて

どのびい玉も
よく見える目のように　光っていたよ

あったかいポケットに入れられて
買われてゆく
しあわせなびい玉もあるけれど
ひと晩では　とても売りきれそうにない
どっさりのびい玉が　いくつもの木箱のなかで
びぃんびぃんと　冷えていたよ

——ひとつかみ　いくら
　さあ　買った　買った

夜店のおじさんは
ラムネびんみたいに青ざめて　すきとおり
見ているぼくも　すきとおり
人通りも　がいろ樹も　空にばらまかれている星も

みんなみんなこごえそうな　さむい晩で
ふるえながら　ぼくは帰ってきたよ

ぽんかん

神さまが
ぽかん　と口をあけて
うつらうつら
いねむりを
しているあいだに
あまーく　みのった
みかんです

ブルゥブルゥブルゥ

海って　いいな
だだっぴろくて　とりとめがなくて
両はしが結べない
青いふろしきみたいだな

ぜんぜん　いいな
まとめなくっても　いいんだな
テストのことなど　すっからかんと忘れるな
枠《わく》がはずれて　ぼくがどんどんひろがっていくな

チャオ　アメリカ！
ぼくはバーバラ海岸で

釣《つ》りをしている少年の足にちょいとじゃれる
チャオ　マリアナ　南の島々！
ぼくはこんどは赤道をこえて
インド洋の熱い水と手をつなぐ

海になっちゃった　ぼく　海大好きだ
かあさんが呼んだって
先生が呼んだって　もう
もとのぼくには　とてもはいりきれないな　うん

雨の動物園

キリンの太郎《たろう》が　死にました
伐《き》りたおされた木のように
長い首を

つめたい地面に横たえて

太郎の首は
アフリカを
いちども離《はな》れたことのない
友だちや　きょうだいたちの首よりも
ずうっと　ずうっと　長かったはずです
太郎はまいにち
こいしいふるさとが見えないかと
おりの中で
首をのばしていましたから

どう！
と太郎がたおれたとき
生まれ故郷《こきょう》の
パンパスの草は
いっせいに泣《な》き声《ごえ》をあげて

日本のほうへ　なびいたと思います
ユーカリの木は
枝《えだ》を鳴らして
葉をふり落とした　と思います

太郎はどこへ
運《はこ》ばれていったのでしょうか
がらんとした　おりの中に
きょうは朝から
さびしい雨が　降《ふ》っています

北風がつよく吹く日のうた

小鳥の胸毛に　きいてみたい
にぎれば　てのひらの中で

ふるえているカナリヤ
そのひとにぎりの　小さなぬくみ
にぎりしめて
死んじゃうくらい　にぎりしめて
きいてみたい
——愛するって　どんなこと　どんなこと?

さむい風に
吹きちぎられそうになって
ハタハタ鳴ってる　天気予報の白い旗
ビュンビュンうなる電線や
噴水や
梢《こずえ》の小枝が　ほそい指で
いっしょけんめい冬空をかいさぐっているケヤキの木に
すがりついてきいてみたい
——生きるって　どんなこと　どんなこと?

先生に

泣《な》いても　いいんですよ
きれいに洗《あら》われた
こころの空に
虹《にじ》をかけることのできる
涙《なみだ》であるのなら

そう　おっしゃってくださいましたね

泣けるだけ　お泣き
雨に打たれて　紫陽花《あじさい》が
悲しみのいろを
いっそう深く

美しくしていくように
とも　おっしゃってくださいましたね

名づけられた葉

ポプラの木には　ポプラの葉
何千何万芽をふいて
緑の小さな手をひろげ
いっしんにひらひらさせても
ひとつひとつのてのひらに
載《の》せられる名はみな同じ〈ポプラの葉〉
わたしも
いちまいの葉にすぎないけれど

あつい血の樹液をもつ
にんげんの歴史の幹から分かれた小枝に
不安げにしがみついた
おさない葉っぱにすぎないけれど
わたしは呼ばれる
わたしだけの名で　朝に夕に

だからわたし　考えなければならない
誰のまねでもない
葉脈の走らせ方を　刻《きざ》みのいれ方を
せいいっぱい緑をかがやかせて
うつくしく散る法を
名づけられた葉なのだから　考えなければならない
どんなに風がつよくとも

花の名

もも
ゆきやなぎ
みつばつつじ――

花の名をいうときには
この春やっと
ひらがなを覚《おぼ》えたちいさな妹が
やわらかな鉛筆《えんぴつ》で
一字書いては
うれしげににっこりするように
わたしは発音《はつおん》するのです
やはり　ひらがなで

えにしだ
こぶし　はなみずき
そして　さくら……

日記

風が吹《ふ》いている

わたしはごはんを食べています
目玉焼き　野菜サラダ　おみそしる
いつもきまったメニューです
「早くしないとおくれますよ」
おかあさんの朝のセリフもきまっています
それからきまった道を通り　登校《とうこう》します

風が吹いている

(うしろからそっと
かみにさわってゆくものがあります
そうかんじるときが　わたしはすきです
ここへは　それはかかないけれど)

「恐竜《きょうりゅう》のなかには　体長が
25メートルもあるものもあったのだが
白亜紀末《はくあきまつ》に　なぜか地球上からすっかり姿《すがた》を
消してしまうことになるのだね」
ディプロドクスの骨格《こっかく》の標本図《ひょうほんず》を示《しめ》しながら
先生が話しています
わたしはぼんやり　窓《まど》の外を眺《なが》めています
その頃《ころ》もそよいでいた木の枝《えだ》のこと
流れていた雲のことなど　思いながら

風が吹いている

千度呼べば

千度呼べば
思いが　通じるという
千度呼んで通じなくとも
やめては　しまうまい

神さまが　うっかり
かぞえちがえて
あのひとを振《ふ》りかえらせてくださるのは
千一度目かも

知れませんもの

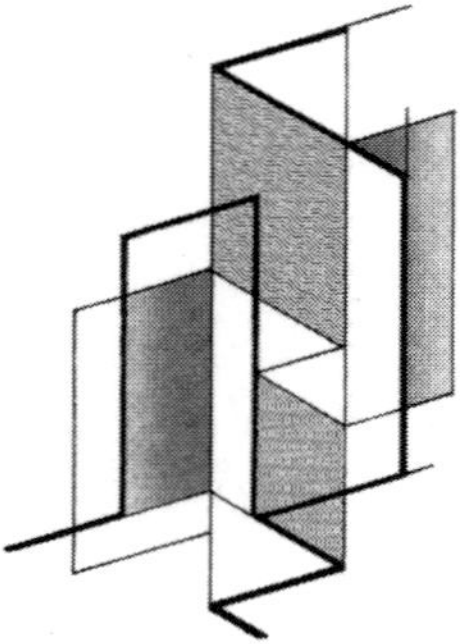

元旦

どこかで
あたらしい山がむっくり
起きあがったような……

どこかで
あたらしい川がひとすじ
流れだしたような……

どこかで
あたらしい窓がひらかれ
千羽の鳩《はと》が放されたような……

どこかで
あたらしい愛がわたしに向かって
歩きはじめたような……

どこかで
あたらしい歌がうたわれようとして
世界のくちびるから「あ」と洩《も》れかかったような……

あこがれ

どんな一途《いちず》なあこがれが
あのように
ヒバリを飛翔《ひしょう》させるのでしょうか
深い井戸に落ちこむように
空のふかみにはまってゆく

どんなせつない願いごとが
あのように
ヒバリののどをふるわせるのでしょうか
胸も裂《さ》けよとばかり
空いっぱいに歌をひろがらせて

天までゆかなくとも
餌《え》は　むぎばたけの中にあると
歌わなくとも
巣《す》づくりはできると
知っていながら　知っていながら

燈台

やさしい灯《ひ》がひとつあれば
海をつつむ
闇《やみ》がどんなに大きくとも
船は迷わず
安らかに　沖を行くでしょう

やさしい灯がひとつあれば
ひるまは波立ち　さわいでいた海も
お母さんに子守歌を
うたってもらう子どものように
もう　むずかりはしないでしょう

魚も　貝も
しずかに夢をみるでしょう
かもめも　千鳥も
岩かげで羽をたたむでしょう
やさしい灯が海にひとつあれば

解説・エッセイ・年譜

解説

原初の美を生きる詩人

北畑光男

わたしを束《たば》ねないで
あらせいとうの花のように
白い葱《ねぎ》のように
束ねないでください　わたしは稲穂
秋　大地が胸を焦がす
見渡すかぎりの金色《こんじき》の稲穂

「わたしを束ねないで」部分

植物や動物、山や川などの自然を自分と一体化させて書く手法は新川さんの詩の特質である。それは簡単に擬人法で片付けられない深さをもっている。この詩は、日本社会の男性優位に対する女性からの主張ともとれるが、それは何も日本に限ったことではなく、多くの国々で弱い立場の女性は今も苦く悔しい思いをしている。それが極端な場合は、飢餓や戦争、病気などで顕著になる。そういう境遇におかれている者にとっては、この詩はどんなに勇気づけられるか。
未来を担う子供達に向けての詩についても、積極的に取り組んでいる新川さんは、多くの少年少女達にも読まれている詩人だ。

海って　いいな
だだっぴろくて　とりとめがなくて
両はしが結べない
青いふろしきみたいだな

〈中略〉
テストのことなど　すっからかんと忘れるな
枠がはずれて　ぼくがどんどんひろがっていくな

「ブルゥブルゥブルゥ」部分

人間の価値が偏差値で決まってしまうという、変な妖怪《ようかい》が大人から子供まで、多くの人の心に棲《す》みついていないだろうか。それが受験戦争という言葉をうみ出し、学校のランク付けまで行っている。若い時期に、偏差値で左右される少年少女達の心はどんなに傷ついているか。もっと全体をみてもらいたい、という少年少女達の内なる声を、新川さんは書いている。それは次の我が子を書いた詩においても同様である。

いとしい子よ　おまえはどこにでもいる
きらら雲の上　深い海の底
牧場《まきば》の馬の　一頭一頭の背に
橄欖林《オリーブばやし》のいっぽんいっぽんの木のうしろに
いとしい子よ　春の地平に
もえたつ陽炎《かげろう》のゆらめきごとにおまえはいる
ひらく花の一輪一輪に
みのる果実の一顆《いっか》ごとにおまえはいる

〈中略〉
どこにでもいるおまえのために
未来にあわせた　ながいながいながいズボン
王様だって顔負けの　青空のきれで千枚万枚縫わねばならぬ

「可能性」部分

この詩でも、子を社会の枠の中に囲いこまないで自然界に放つのである。新川さんは自然への信頼を強くもっているのだ。また、ズボンをつくる母親を、（一声で何でも手に入れることの可能な）王と対比させることで、日常を大切にするまっとうな生活者であることを示唆《しさ》してもいる。この詩では場の転換がイメージを広げていることにも注目しておきたい。

ひばりの様にただうたふ
それでよいではないですか

からすが何とないたとて
すずめが何とないたとて

「ひばりの様に」部分

この詩はおそらく新川さんの十代の頃の作品であろう。もしそうなら、すべてが〈右へならへ〉という画一的な時代、軍国主義の時代でもあった。背くものは大なり小なりの制裁を受けた時代であったようだ。

終戦から六十年近いのに、いまだに画一的な見方をし、そのためにいじめや差別の被害を受けて苦しんでいる人がいる。当事者が、誰かに害を及ぼしたその結果として、いじめや差別を被《こうむ》ったのならそれなりの理由はあるが、一方的にいじめや差別を受ける場合がある。現在でもまだ、多様な価値観を認め合える時代になってはいないのである。

多様な価値観の大切さを、若くして気付いていた新川さんが「可能性」という作品を書いたのは必然であったのだ。

雨でも降らぬかぎり
岩は一日じゅう乾いている
千年前にいちどだけ
波の舌が岩の根にふれたと
考えるのは　あまりに浪漫的である
わたしはひととき
ここで潮風を深く吸いこみ
少しばかり書物を読む
はたはたと頁《ページ》がめくれ
またたく間に　千年が過ぎてゆく日もある
〈中略〉

乾いた岩の上を
さらに千年が過ぎゆき

「はたはたと頁《ページ》がめくれ…」部分

頁《ページ》がめくれたのは歴史の本であろうか。そうだとしても、その内容がこの詩に直接的な影響を与えてはいない。潮風が歴史の本の頁をめくったことに新川さんは触発を受けたのだ。この作品では、タイムスリップしている時間感覚の面白さを感じとってもらいたい。さらに〝波の舌〟などという、無機質なものに身体性を与えたときの言葉が〝波〟に置き換えたときはどうなるのか、このようなちがいにも着目していくと、さらに詩の表現の領域が広がっていく楽しさがあるようだ。
ススキをとりに行って
するどい葉に　指を切られたことがある
自然も人も
とぎすまされた感性を持っていて
月は　儀式のようにおごそかに天に昇り
こうこうと照りわたった
「いかなる闇に」部分

〃とぎすまされ〃と書き〃研ぎすまされ〃と表現しない言語感覚の柔らかさ。まるみを帯びてはいるが、自然や人に対するときの新川さんの内面の厳しさ。こういう表現ができるのは、何か大きな悲しみを消化したからであろう。

川も湖も近くには無かったから
水のみなもとは隠しようもなくわたしの中にあるのだった

「同じ森に日は沈み…」部分

わたしが立ちあがると
腕からも　乳房からも　脹脛《ふくらはぎ》からも
海がしたたる
都会のただ中の高層建築の最上階にいる時も
山岳地方をひとりで旅している時も
わたしは絶えずわたしの中に
潮鳴りを聴いている

「海」部分

すでに
雲は雲ではなかつた
それは　女の群像であつた
女たちの苦悩の姿であつた
さうして
嵐の来る前夜の空に
あの様に髪をふりみだし　たけり　くるひ
苦しんでゐるのであつた

「雲」部分

川や海が自分の肉体から流れだすという発見と、その身体感覚こそ新川さんの詩の特質である。また、「雲」は社会の嵐、恐ろしいものが迫りくる不安、戦争など、さまざまなものに置き換えて読んでもよいだろう。

オゾンホール、温暖化、環境ホルモン等による地球環境の破壊が叫ばれて久しい。戦争は環境破壊の最たるもので、昔も今も変わりはない。

こうして読んでくると、新川さんは、自然が自分の肉体とつながっている感覚を強くもつ詩人であることがわかってくる。太古の感覚を現代に生かしたアニミズム、最近は、ニューアニミズムとよぶようであるが、この感覚や思想は環境破壊、戦争も阻止できるのではないか。これは現実の問題に対する開かれた解決法である。新川さんは、自分の肉体をとおして、他者に、社会に、世界に、宇宙につながっているのである。

わたしも
いちまいの葉にすぎないけれど
あつい血の樹液をもつ
にんげんの歴史の幹から分かれた小枝に
不安げにしがみついた
おさない葉っぱにすぎないけれど

「名づけられた葉」部分

比喩《ひゆ》を多用する新川さんの詩を読んで、改めて思うのは比喩そのものが慈愛、慈悲の比喩であるといってもいいということであった。それは原初の美を生きていることに重なる。だから言葉にも品性がそなわっていて美しいのである。

最後に、「土へのオード」「火へのオード」「水へのオード」は思潮社版『続・新川和江詩集』に全篇収録してあるので、こちらも是非、読まれることをお推《すす》めしておきたい。

（きたばたけ・みつお／詩人）

エッセイ

言葉の農婦

小池昌代

たくさんでなくていい、よく知る詩を数編、携えて生きることは、ひとに深く静かなよろこびをもたらす。わたしにとって、新川さんの詩は、まさにそうした詩のひとつなのだが、この「よく知る詩」とはどういうものか、自分で書いておきながら、説明するのが案外むずかしい。

新川さんの詩を、わたしは、頻繁に読み返すわけではない。しかし、生きている途上で、不意に思いだすことがある。そういうとき、詩を読むということの意味が、底のほうから、改めて照らし出されてくるように感じる。

そのしみこみ方の深さにおいて、何か独特の感触を残す詩、ふと、思い立って、読み返してみたとき、ああ、自分は、この詩を知っていると思い、まるで自分自身に出会ったかのようにそのたびに驚く詩、わたしがその詩を知っているというばかりか、詩のほうでも、わたしを知っていて、気がついたとき、わたしを内側から、思いのほか強い力で、支えてくれていたような気がする詩。こうした詩を読者に差し出せる詩人というのは、実はそれほど多くない。

新川さんの詩は、日常生活のなかで、ひととひととが交わす言葉の意味のレベルと、ほぼ同じ高さで読むことができる。その点で少しも難しい詩ではない。長い年月をかけて読むうちに、そうした詩の、言葉の「意味」は、骨に染み入るようにとけてしまい、ときには、もうとうに分かったと、蔵の奥のほうにしまいこんでしまうこともある。しかし、そうしてしまいこんだ詩に、わたしが遅れて到着することもあるのだ。

例えば、「わたしを束ねないで」という有名な詩がある。「わたしを束ねないで、わたしを止《と》めないで、わたしを注《つ》がないで、わたしを名付けないで、わたしを区切らないで」この詩は、そうして、やさしい懇願を繰り返す。わたしは「稲穂であり、つばさの音であり、ふちのない水、りんごの木と泉のありかを知っている風、そして、はてしなく流れていく拡がっていく一行の詩」

一人の女が声高にでなく、しなやかに翻《ひるがえ》す反旗のうた。でも、最近、この詩を読み返しながら、なんだか変だなあ、とわたしは思ったのだ。

これは、「わたし」がつばさの音であり、ふちのない水であると断言しているわけではない。そうありたい、あるいはかつてそんな一瞬があった、そうでありたいのに現実にはそうではない、そのようにはどうしたって、ありえないものだ……。この詩のおおらかな音律のなかから、なぜかそんな、断念の声が聞こえてきたのである。何かにぶつかって、はねかえされ、それでも、また行こうとするひとの、その点では確かに向日性の、でも、悲しい声の響き。

新川さんは現実というものをよく知っている。そして、詩こそ、頭のなかの夢想でなく、現実そのもののなかからくみ上げられ、現実とぶつかり、あるときにはそれに敗れて、引き返してくるもの、そして、それを知って、なおも行こうとするものだ。この詩人の言葉が、わたしたちを支えるのは、可能性をスローガンのように歌うのではなく、不可能性を深く知って、なおも可能性に賭《か》けようとしているからではないのだろうか。

言葉の肌触りとその重みを熟知し、正確に量り、それにつりあう感情を、一編のなかにバランスよく盛ることにおいて、この詩人ほど、頼もしく安定感を感じさせる人はいない。しかし、こう書きながら、わたしは何か忘れ物をした気分になって、妙にそわそわしてくるのだ。安定とみえて、その奥に、いつも、揺《ゆ》れ止まない秤《はかり》を、常に抱え込んでいるように見えてならないから。しかも新川さんには、自分が量り終えたはずの言葉が、どこかで誤差を生じ、秤からこぼれることを知っているようなところがある。

「比喩《ひゆ》でなく、愛そのものを」、言葉でなく、「それだけで詩となるような、行為もしくは存在」を詩人は求め、敗北する。片ひざを折って祈るひとのような姿勢が、この詩人のなかに見え隠れしている。

「扉」という詩は、まだ幼い子供の母である自分と、働く（創造行為をする）自分とが分裂してしまう詩で、おそらく新川さん自身が、モデルだと思う。女性性というものを、いつも引き裂かれてあるものと言ったのは誰だったろう。新川さんの詩には、その意味で常に「性」というものがある。この引き裂かれた破れ目の予感がある。引き裂かれてあるものとして、新川さんは、常に女であり、母であり、だからこそ、詩人であった。

引き裂かれた峡谷に、響いていくおおらかな声。悲しい声だが、感傷にふけるまはない。なぜなら、この詩人は、その引き裂かれたふたつの自己を行き来するのに、とても忙しいひとなのだから。ふたつの自己のそれぞれを、それぞれにまっとうしようとして、「努力」するひとなのだから。わたしを名付けないで、と懇願したひとは、しかし、母と呼ぶ者の前には母の顔になって、妻と呼ぶひとには妻の役割をはたそうと、実際にはせいいっぱい、うごきまわるひとのように見える。

そういう分裂を抱えるひとにとって、この世はなかなか安住できる場所ではない。むしろあの世のほうが、心が羽をおろせる、やすらかな土地なのではないかしら。新川さんの詩に現れる「死」の感触は、だから、ひとを包むふとんのように、あたたかくやわらかい。

この詩人のことを考えながら、いま、「言葉の農婦」という言葉が思い浮かんだ。種をまき、生長を眺め、風水害から守ってやり、忍耐づよく待ち、収穫を広くみんなに分けてやる。これは決して、自分が為したことではないのよ、というような顔で。

例えばじゃが芋を掌に載せ、それが確かに、じゃが芋の重さであることを知ったとき、わたしは安堵《あんど》し、何か、心が、わたしの生が、その重みによって、支えられているように感じることがある。あのじゃが芋の重みこそ、わたしが「よく知る」もののひとつだ。もしそれが、綿のように軽かったらどうだろう。世界の秩序は、じゃが芋の正確な重みのようなもので、支えられていると、わたしは感じる。

冒頭に書いた、「よく知る」という言葉のなかに、わたしはこのことを重ねてみたい。わたしたち生きる者の、よく知るなにか、よく知っていると思いながら、誰もそれを言葉で置き換えることができない何か、そういうものを、この詩人は、ずっと表わそうとしてきたのかもしれないと思う。

それ以上でも、それ以下でもない、じゃが芋がじゃが芋であることの、正確な重み。それを量ろうとして、しかし秤は揺れ止まない。この言葉の農婦は、こうしたことの一切を知って、そっと慎み深く言葉を置く。それを、わたしは、真摯《しんし》な「労働」のように感じる。

（こいけ・まさよ／詩人）

年譜

新川和江略年譜

一九二九（昭和四）年●当歳

四月二十二日、茨城県結城郡絹川村小森五二番地（現在は結城市に合併）に生まれる。父齋藤茂平、母てる。異母姉が二人いたので、戸籍上は四女。生家は桑園（絹結園）を営んでいた。

一九三六（昭和十一）年●七歳

四月、村立絹川尋常高等小学校に入学。校庭に巨《おお》きなセンダンの木があった。その孫の木を鉢植にして贈ってくれる人があって、今、私の手許で育っている。

一九三九（昭和十四）年●十歳

二月、父、脳出血で急死。母が与えてくれた「小学生全集」の童謡の巻（北原白秋・西條八十・三木露風ら）がとりわけ気に入り、七五調のとりこになる。

満一歳（昭和5年）

一九四二（昭和十七）年●十三歳

四月、県立結城高等女学校に入学。前年の十二月に太平洋戦争が始まっており、入学はしたもののやがて学校は、特攻機の部品をつくる兵器工場と化した。

一九四四（昭和十九）年●十五歳

一月、西條八十が戦火を逃れて近くの下館町（現在の下館市）に疎開。週に一度詩のノートを抱えて書斎に通うようになる。厖大《ぼうだい》なランボオ研究論文の浄書をいいつかる。堀口大學訳『檳榔樹』を読み、ヴェルレェヌ、ヴァレリイ、シュペルヴィエル、ノワイユ夫人などの詩に深い感銘を受ける。

一九四五（昭和二十）年●十六歳

八月、敗戦。

一九四六（昭和二十一）年●十七歳

結城高女時代
（昭和19年）

四月、女学校卒業と同時に、親戚同様親交のある新川家の長男淳と結婚。

一九四八（昭和二十三）年●十九歳

東京都渋谷区向山町（現在の恵比寿）に移住。少女雑誌・学習雑誌に、物語や詩を書きはじめる。同人詩誌「プレイアド」に参加。

一九五一（昭和二十六）年●二十二歳

小説家になれとしきりに勧められ、師の紹介状つきで早稲田系の文学グループ「十五日会」に送りこまれる。小説は二、三書いてはみたものの、ものにならず、気も進まず、機関誌「文学者」には求められて詩だけが活字になった。ここで瀬戸内晴美（のちの寂聴）、河野多恵子らと識《し》り合う。

一九五三（昭和二十八）年●二十四歳

四月、同じ町内に土地を見つけ、新築移転。七月、第一詩集『睡り椅子』をプレイアド発行所から出版。序文・西條八十。秋谷豊の誘いを受け、新しい抒情詩をめざす「地球」グループに参加。多くの詩人たちとの交流さかんになる。

一九五四（昭和二十九）年●二十五歳

十一月、手塚治虫の「リボンの騎士」を舞踏劇に脚色。共立講堂・出演タンダバハ舞踏研究所。

一九五五（昭和三十）年●二十六歳

七月、長男博誕生。

一九五九（昭和三十四）年●三十歳

五月、第二詩集『絵本「永遠」』を地球社から出版。

一九六〇（昭和三十五）年●三十一歳

五月、谷川俊太郎、寺山修司らと「日本の新しい歌」を銀巴里で発表。十月、学研「中一コース」に連載の詩により、第九回小学館文学賞を受賞。

渋谷くじら屋で。左から秋谷豊、寺山修司、新川和江。（昭和34年）

一九六三（昭和三十八）年●三十四歳

九月、詩集『ひとつの夏　たくさんの夏』を地球社から出版。この頃から、「女学生の友」「ジュニア文芸」など、少女雑誌や学習雑誌、婦人雑誌の投稿詩の選者の仕事が重なるようになる。

一九六四（昭和三十九）年●三十五歳

秋、ヨーロッパを一周。ウィーンの空港ではからずも出会ったW・H・オーデンを、それとは知らずカメラに収めて帰国。オーデン心酔者の中桐雅夫らに喜ばれるなど、捨てがたい旅になった。

一九六五（昭和四十）年●三十六歳

七月、紀行詩集『ローマの秋・その他』を思潮社から出版。十二月、同詩集により、第五回室生犀星賞受賞。

一九六六（昭和四十一）年●三十七歳

七月、朝日新聞に「記事にならない事件」その他を書く。九月、アンソロジー『女の詩集』（『男の詩集』は寺山修司）を雪華社から、十一月、『若き日の詩集』を集英社から編集出版。「地球」42号に「わたしを束ねないで」を発表。

『ローマの秋・その他』（思潮社）
（表紙絵　西脇順三郎）

一九六七（昭和四十二）年●三十八歳
十二月、『花の詩集』を集英社から出版。
一九六八（昭和四十三）年●三十九歳
一月、「詩と批評」に「ふゆのさくら」を発表。五月、詩集『比喩でなく』を地球社から、六月、青春詩集『わたしの愛は…』を新書館から、八月、『愛の詩集』を集英社から出版。
一九六九（昭和四十四）年●四十歳
九月、『山と高原と湖の詩集』、十一月、『季節の詩集』を集英社から出版。このシリーズはやがて百万部を超え、文庫版のコバルト・ブックスになった。
一九七〇（昭和四十五）年●四十一歳
八月、師西條八十逝く。
一九七一（昭和四十六）年●四十二歳
二月、詩集『つるのアケビの日記』を詩学社から、五月、青春詩集『恋人たち』をサンリオ出版から、八月、日本女流詩集『翼あるうた』を童心社から、十一月、青春詩集『ひとりで街をゆくときも』新装版を新書館から出版。
一九七二（昭和四十七）年●四十三歳
三月、世田谷区瀬田五丁目に新築移転。七月、エッセイ集『草いちご』をサンリオ出版から出版。この頃から、私を生あらしめてくれている三大元素、土・火・水への挨拶《あいさつ》の詩を書いて置かねばと思い立ち、まず、土に寄せての詩を書きはじめる。原稿用紙を巻紙ふうに長くつなぎ、一気に書いた。
一九七三（昭和四十八）年●四十四歳
二月、青春詩集『海と愛』をサンリオ出版から、七月、日本の詩集20『新川和江詩集』を角川書店から、九月、少年少女詩集『明日のりんご』を新書館から出版。十一月、台北に於ける世界詩人大会に出席。十二月、大晦日《おおみそか》、ＮＨＫラジオ「ゆく年くる年」の総合司会を、名アナウンサー中西龍とともに。

一九七四（昭和四十九）年●四十五歳

三月、母てる死去。四月、詩集『土へのオード13』をサンリオ出版から出版。

一九七五（昭和五十）年●四十六歳

十月、現代詩文庫『新川和江詩集』を思潮社から出版。

一九七七（昭和五十二）年●四十八歳

九月、詩集『火へのオード18』を荒川洋治の紫陽社から出版。

一九七八（昭和五十三）年●四十九歳

一月、幼年詩集『野のまつり』を教育出版センターから、四月、エッセイ集『愛がひとつの林檎なら』を大和書房から出版。

一九七九（昭和五十四）年●五十歳

一月、「民主文学」に水を主題にした詩の一年間の連載はじまる。詩集『夢のうちそと』を花神社から出版。ＮＨＫ教育ＴＶ「炎の詩・ハイネ」に井上正蔵と出演。

一九八〇（昭和五十五）年●五十一歳

三月、「野火」訪中団に参加。香港・広州・長沙・岳陽・桂林・南寧を回る。七月、詩集『水へのオード16』を花神社から出版。

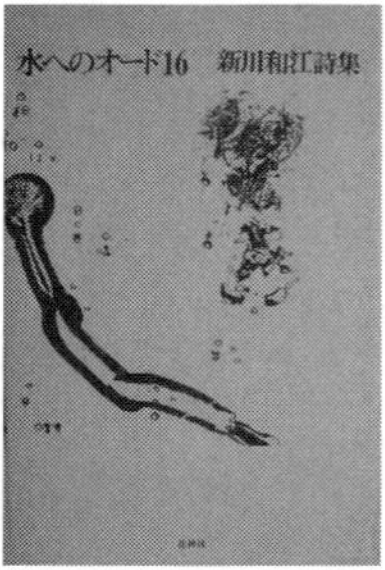

『水へのオード16』（花神社）
（装画・装幀　大岡信）

一九八一（昭和五十六）年●五十二歳

四月、毎日中学生新聞に月一篇の詩の連載はじまる。八五年五月まで。九月、現代詩人会理事長に就任。十二月、NHK総合TVの新春番組のため首都圏各地を回る。

一九八二（昭和五十七）年●五十三歳

四月、TBSブリタニカから出版の『目でみる日本の詩歌』全15巻のうち、『近代の詩〔二〕』を担当執筆。六月、青春詩集『渚にて』を沖積舎から出版。八月、産経新聞題字横に連日掲載の「朝の詩」の選はじまる。

一九八三（昭和五十八）年●五十四歳

一月、吉原幸子と共に、女性を主体とする季刊詩誌「現代詩ラ・メール」創刊を決意。にわかに多忙をきわめる。五月、エッセイ集『花嫁の財布』を文化出版局から、六月、『新選・新川和江詩集（のちに続・新川和江詩集と書名変更）』を思潮社から出版。五、六、七月、毎日新聞「詩圏」執筆。「ラ・メール」創刊のことば「女流詩の流れを輝く川に」を朝日新聞（6・20夕）に書く。七月二日夜、神楽坂・出版クラブで創刊記念パーティ。〃女性詩人五百人の快気炎〃と写真情報誌が派手にとり上げるなど、熱気のこもる船出となった。九月、現代詩人会会長に就任。

一九八五（昭和六十）年●五十六歳

三月、「詩の現在」吉原幸子×新川和江（朝日新聞インタビュー）。七月、少年少女詩集『ヤァ！　ヤナギの木』を教育出版センターから、九月、幼年詩集『いっしょけんめい』をフレーベル館から出版。十月、「日本の詩」の一巻として『新川和江』がほるぷ出版から刊行される。

一九八六（昭和六十一）年●五十七歳

二月、エッセイ集『朝ごとに生まれよ、私』

を海竜社から、ラ・メールブックス『女たちの名詩集』を思潮社から、六月、詩集『ひきわり麦抄』を花神社から出版。九月、韓国・ソウル市に於ける第二回アジア詩人会議に出席、与謝野晶子以後の日本の女性詩について報告。十一月、白百合女子大学に於ける英詩朗読会で、非公式出席の美智子妃による英訳朗読「わたしを束ねないで」の前に、原作者として同作品を朗読。十二月、花神ブックス『新川和江』が刊行される。

一九八七（昭和六十二）年●五十八歳

一月、永瀬清子、宮本むつみと共に東宮御所へ。美智子妃と詩について歓談。六月、『ひきわり麦抄』により第五回現代詩人賞受賞。

一九八八（昭和六十三）年●五十九歳

一月、台湾・台中市に於ける第三回アジア詩人会議に出席。七月、「現代詩ラ・メール」満五年を迎え、思潮社から独立。八月、花神社「新川和江文庫」刊行はじまる。全五巻。

一九九〇（平成二）年●六十一歳

四月、「昭和文学全集第35巻昭和詩歌集」（小学館）に作品収録。五月、詩集『はね橋』を花神社から出版。八月、「特集・女性詩の中の戦後」をNHKラジオ、16、17、18三夜連続で。

一九九一（平成三）年●六十二歳

三月、詩集『春とおないどし』を花神社から、四月、童詩集『星のおしごと』を大日本図書から出版。

一九九二（平成四）年●六十三歳

一月、ラ・メールブックス『続・女たちの名詩集』を思潮社から出版。三月、山梨県立文学館イベント、石垣りん、川崎洋と。六月、『星のおしごと』により第二十二回日本童謡賞受賞。